JN038086

「ここで全部が終わって……全部が始まったんだよね」

沙優はゆっくりと立ち上がって、
また顔を上げた。

「よし……」

小さく呟いて、沙優は深く息を吸う。

そして、彼女は急に、駆け出した。

「えっあっ……おい！」
驚いて俺が声をかけるも、
沙優はあっという間に屋上の端へたどり着いて、
ガシャンとフェンスに両手をついて、止まった。

「私、吉田さんの家で家事をするのは、全然苦じゃなかったよ」
「そうなのか？」

「うん…………
大好きな人に毎日ご飯作るの、
幸せだった」

恋人でもない
家族でもない二人で、
半年以上一緒に暮らした。

contents

ひげを剃る。そして女子高生を拾う。5

しめさば

角川スニーカー文庫

22688

口絵・本文イラスト／ぶーた
口絵・本文デザイン／伸童舎

プロローグ

車内は静かだった。

他人の車というのは、どうも特有の革とゴムの匂いが鼻に残る。

後部座席で外の景色を眺めている。

それなりにスピードが出ているにもかかわらず、ほとんど縦揺れがないところに、この車の高級さを感じた。

ふと。

そういえば、もう2年ほど、実家には帰っていなかったなぁ。というようなことを、思い出した。

社会人になって、ときどき実家に帰ると、両親は自分が思った以上に嬉しそうにしていて。

それを見て俺は、「そんなに構わなくていいのに」と思いながらも、どこかこそばゆい気持ちになっていた。

中学生や高校生の頃なんかは、毎日家に帰って、両親と会話をして……という日常が当たり前だったのに、一度その環境から離れた途端に、どうやって家族と話をしていたかなんてことは忘れてしまう。

今、両親はどうしているだろうか。

もしかすると、俺のことを心配していたりするのだろうか……。

そんなことを考えながら車窓の外を見ていると、だんだんとぼんやりしてきて、今自分がどこにいるのか、何をしているのかを忘れそうになった。

自分の座る後部座席、その隣に視線をやると、そこには沙優が座っていて、そして同じようにぼーっと窓から外の景色を眺めていた。

その横顔を眺めながら、俺は彼女の心中を少しだけ想像しようとして……。

そして、それは難しいということを理解した。

沙優は、高校生という立場でありながら、長い間家出をして、そして、今……帰りたくない家に帰る。

車窓から見える景色が流れてゆくたびに、行きたくない場所への距離は縮まってゆくのだ。

彼女がどんな思いでそれを眺めているのか、俺には想像もつかなかった。

「ん？」

ぼんやりと沙優の横顔を眺めていると、ふと沙優がこちらに視線を動かして、目が合う。

小鳥のように首を傾げた沙優。

明らかに「何？」という意味を持った彼女の首の動きに、俺はただかぶりを振った。

「いや、なんでもない」

「そう？」

思いのほか落ち着いている沙優は、もう一度反対方向に首を倒して、にこりと笑った。

彼女の首の動きに合わせて、長い髪がさらりと垂れる。

それを見て、俺はふと気づく。

「ちょっと髪伸びたな」

「え？　ああ、そうかも」

沙優はバイトを始めてからは数度、自分で美容院に通っていたようだったが、前回髪を切った時から比べてまた伸びているような気がした。

「そういうとこ、気付くようになったんだね」

沙優がからかうように言うので、俺はなんとも言えない気持ちになり、彼女から目を逸らした。

「たまたまだよ」

「ふーん、たまたまね」

沙優は口ずさむようにそう相槌を打って、くすくすと笑った。

「……次髪を切るときは、地元の美容院だな」

車窓の外に視線を戻した沙優が、そう呟く。

なんと答えたものか俺が迷っていると。

「……いつも指名してた美容師さん、私のことまだ覚えてるかな」

沙優のその声は、先ほどまでとは打って変わって、小さく震えていた。

「覚えてるだろ」

俺は放り投げるようにそう言った。

「そんな簡単に、何度も関わった人間のことなんて忘れられないさ」

半年以上の家出。

きっとそれは高校生にとっては途方もないほど長い時間に感じられたのではないかと思った。

けれど、大人になって、仕事をして……毎日が同じルーチンの上に成り立つようになった人間からすれば、半年など大した長さではない。

「そっか……そうだよね」

沙優は窓の外を眺めたまま言った。

「そうだといいな」

最後の、彼女の小さな祈りのような言葉は、車窓の外の景色に吸い込まれてゆくようだった。

俺たちは今、北海道に、向かっている。

1話 帰路

「えっ、吉田さんも来るんですか！」

沙優とすれ違ったことで大騒動を起こしてしまった翌日。

沙優を迎えに来た一颯に、「有休を取ったので、家に帰るところまで沙優をサポートしてやりたい」という旨を伝えると、一颯はまずたいそう驚いたような顔をした。

それは至極妥当な反応だと、自分でも思う。

この行動は他所の家庭事情に首を突っ込むことでもあるし、〝沙優を家に置いていた〟という以外になんの接点もない人間が実家の母親に会いに行くというのもあまりに不可思議な状況だった。

しかし、俺が〝沙優を家に置いていた〟という人間であるからこそ、するべきこともあると思うのだ。

「沙優が勇気を持てるようにサポートしてやりたいっていうのもあるんですが……」

俺は、ひとまず自分が思っていることをすべて一颯に伝えてみようと試みた。

「沙優が家出の旅の中で一番長く滞在したのは俺の家です。だから、沙優の母親に対しての説明義務もあると思うんです」

沙優のこちらでの暮らしぶり、どれほど真面目に過ごしていたのかということをしっかり伝えるのは、母親の安心に少しは繋がるのではないかと思った。

一颯は俺の言葉を黙って聞いていたが、数秒間の逡巡の末、沙優を一度ちらりと見た。

「正直なところを言うと、吉田さんにそこまでしていただくのは気が引けますし、吉田さんの説明を母が信じるかどうかは微妙なところではあるのですが……」

一颯はそこで言葉を区切ってから、俺の方へと視線を戻し、力の抜けた笑みを浮かべた。

「沙優の心境を考えると、とても助かります」

そう言って、一颯は車の後部座席のドアを開けてくれた。

「ありがとうございます」

俺が頭を下げると、一颯はゆっくりと首を横に振って。

「それはこちらの言葉です」

と、言った。

「そしたら、今日乗る飛行機の便名、教えてもらってもいいですか？　とりあえず乗れればいいので、適当に席取っちゃいます」

最近は乗り物のチケットもほとんどネットで取れてしまうので、スマートフォンを取り出しながら一颯にそう俺が告げる。

さすがに当日なので、早めにチケットを取らないと席がすべて埋まってしまうこともありえる。

シートベルトをしながら、一颯はこちらを振り返り、爽やかな笑みを浮かべながら首を振った。

「いえいえ、それには及びませんよ」

一颯はそう言って、スマートフォンを取り出し、ぽちぽちと画面をタップした。そして、そのまま耳に当てる。

「あ、もしもし。お疲れ様。今日の飛行機なんだけど、チケットもう一枚取ってもらえるかな。うん、同じチケットで。席は近ければ近いほどいいんだけど。うん、よろしく。ありがとう」

一颯は、簡潔に用件だけを伝えて、電話を切る。

「こちらで取っておきますから」

「えっと……誰にかけたんです？」

なんとなく分かっていたものの、苦笑を浮かべながら訊く。

「もちろん、秘書です」

「もちろん、っすか……」

「ええ。職権濫用、というやつです。社長ですから」

一颯はなんということもなさそうにそう言って、車のエンジンをかける。

それを見て、俺はふと胸中に湧き出た疑問を、そのまま言葉にしてしまう。

「社長なのに……ご自分で運転されるんです？」

俺が不躾に訊くと、一颯は失笑して、後部座席の方へ振り向いた。

「普段はドライバーがいますよ。しかしこれは社用車じゃないですし、今回のドライブは〝家族の用事〟ですから」

「ああ、そうですよね……」

確かに、いくら大手企業の社長であっても、今は〝家族を連れて実家に帰る〟という、業務とはまったく関係のない状況だった。

恥ずかしい質問をしてしまったと思い、顔が熱くなる。

大企業の社長にはお付きのドライバーや秘書がいる、というのはきっと間違いではないのだろうが、〝いつでも付きっきりである〟というのは、さすがに漫画やアニメの見すぎであったかもしれない。

「すみません、ありがとうございます、チケットまで用意してもらっちゃって」

「いいんですよ。私からのお礼のようなものです」

一颯は特に何も気にした様子もなくそう答えてから、俺と沙優を交互に見ながら言った。

「ひとまずこのまま空港へまっすぐ向かいます。チケットはおそらく取れると思うので、飛行機に乗って、北海道へ行き……北海道からはまた車で移動です」

一颯はそこまで一息に言って、ふう、と息を吐いた。

「それなりに長い移動になります。覚悟しておいてくださいね」

そう言ってにこりと笑ってから、一颯は車のアクセルを踏み込んだ。

ぶるる、と重い振動が一瞬腹の奥を揺らして、その後スッ……と揺れも音も静かになる。

自分の人生に、大企業の社長の高級車に乗せられてその社長の実家へ行くことになるというシーンがあるなど、想像したこともなかった。

「吉田さん」

車がゆっくりと発車したタイミングで、隣の沙優が俺の方を見た。

「本当に……来てくれるの？」

沙優は未だに実感がないというような、温度感の分かりづらい表情で、首を傾げた。

その期待と不安が入り混じったような視線と質問に、俺は何故か、直接的に返事をする方法が分からなくなった。

「もう……車、動き出しちゃったしな」

俺がそう答えると、運転席の一颯が噴き出す音が聞こえた。

「停めます？」

「いや、大丈夫です！　そのまま行ってください」

「ふふ」

完全に、からかわれてしまった。

また顔が熱くなるのを感じながら、俺は沙優に視線を戻す。

「最後まで面倒みてやるって言ったろ」

そう言うと、沙優は安心したように微笑んだ。

「そっか……本当に来るんだ」

沙優は胸の中にその事実を反芻させるように呟いて、何度か、こくこくと首を縦に振った。

「うん、なんか勇気出てきたかも」

沙優がそう言うのを横目に見て、俺は小さく息を吐く。

そうだ。

俺は今から、沙優の実家へ向かう。

沙優と同じように、俺も今の今まで、少しふわふわと、他人事のようにその事実を捉えていたように思う。

一颯に承諾をもらい、車が動き出したところで、ようやく実感が生まれてきた。

「……よし」

誰にも聞こえないような声量で、小さく呟いて。

沙優が実家に無事に帰れるよう、最後までサポートする。そのために、自分は一緒に行く。

その目的と決意が絶対に揺らぐことのないよう、俺は拳を強く握り、深く息を吸い込み……。

ガラにもなく、気合いを入れた。

2話　飛行機

思いのほか、空港にはあっという間に着いた。

自分が車を持っていないせいか、普段、車で移動をすることがないので、車だと電車で移動するよりずっと時間がかかるものだと思っていた。

専用の駐車場(ちゅうしゃ)に車を停めた一颯(いっさ)。

「車はここに置きっぱなしにするんですか？」

俺が問うと、一颯はこともなげに答える。

「車は秘書に取りに来させます」

それから、ウィンクをして、付け足した。

「社長なので」

「もう勘弁(かんべん)してくださいよ……」

この人、思ったより性格が悪いのではないか……と胸中で独り言(ご)ちた。

しかし、冗談を言ってくれる程度には気を許されたのかなと思うと、それはそれで悪い気はしない。

沙優も俺と一颯のやりとりに、頰を緩めている。

このまま和やかな雰囲気で家まで帰れれば良いのだが、と思うものの。おそらく、そう簡単にはいかないだろう。

物理的な距離が近づけば近づくほど、きっと沙優はいろいろなことを考える。

一颯に続いて空港のエントランスへ向かう沙優を横目に見ながら、俺はなるべく、彼女の〝考える時間〟を邪魔しないようにしよう、と心に決めた。

エントランスに着いてからは早かった。手荷物の検査をし、キャリーバッグなどの大きな荷物は預け、あっという間に搭乗手続きが済んでしまう。

そして、飛行機のシートまでたどり着いた俺は愕然とした。

「これ……ビジネスクラスじゃ……」

「ええ、もちろん。長旅ですから、ぎゅうぎゅうのシートで疲れては大変でしょう」

「いや、さすがに悪いですよ……」

と、言いつつも、じゃあ今の手持ちでこの料金を払えるのかと言われるとそれはそれで難しいのだが……それはさておき、俺がそう言うと、一颯はそんなことは見越していたかのように笑った。

「沙優のために北海道まで来てくれるという優しい方のために、これくらいさせていただくのは当然ですよ。それに……」

一颯はそこまで言って、意味ありげに言葉を区切った。

そして、ニッと片方の口角をわざとらしく上げる一颯。

「僕、社長なので」

「それほんとやめてください！」

「あはは」

沙優が可笑しそうに声を上げて笑った。

そして、俺よりも先に大きなリクライニングシートに腰掛けた。

「うわ、すごい……！　座りやすいよこれ！」

沙優は少しはしゃいだように目を輝かせてそう言った。

「吉田さんも、座ったらどうですか」

一颯に促されて、俺もおずおずと、沙優の隣の席に腰掛けた。

ゆったりと横幅の広いシートは、座面が固すぎも柔らかすぎもせず、ただただ「座りやすい」という感想が生まれてくる。

「確かに……めちゃくちゃいいな」

思わずそう零すと、一颯は満足げに頷いた。

「ゆったりと過ごしていてください。何か用があれば呼んでいただければ」

それだけ言って、一颯はすぐに手荷物から薄型のノートPCを取り出した。

一瞬画面を見てしまったが、明らかにメールフォルダを開いている様子だった。

大手企業の社長は、捌かなければいけないメールの量も尋常ではないのかもしれない。

それだけ多忙でありながら、今回は沙優のために一緒に北海道へ帰るというのだから、一颯も相当な妹想いだと思った。

そして、ビジネスクラスのシートに自然体で座っている一颯を見て、やはり根本的な部分では、住む世界が違う人間なのだなぁということを再認識した。

対照的に、沙優はどこかワクワクとした表情を浮かべながらも、少し落ち着かなそうにきょろきょろと機内を見渡していた。

「沙優は、ビジネスクラスにはあんまり乗り慣れてないのか？」

あまり深いことを考えずに訊いてしまったが、口に出した時点で、普通の女子高生がビジネスクラスの飛行機に乗り慣れているはずがない、と思い直す。

思った通り、沙優はかぶりを振って、答える。

「ビジネスクラスどころか、飛行機自体、初めて乗ったよ」

「え、そうなのか？　旅行とかで一度くらいは乗ったことあるかと思ったが」

「うん。旅行とかも……うちはあんまりなかったから」

沙優は一瞬表情を暗くした。

うっかり、良くないスイッチを押してしまったかと焦ったが、沙優はパッと表情を切り替える。

「だから、こういうのちょっと楽しいね。こんな状況で言うのも呑気すぎるかもしれないけど……」

「いや、わかるよ。大人の俺だってビジネスクラスはちょっとワクワクするもんな」

俺がそう言ってやると、沙優はうんうんと頷いて、またきょろきょろとシート周りの設備に視線を向け始める。

それを横目に、俺は沙優に聞こえぬように静かにため息をついた。

思わぬところで沙優の過去の暗い部分を踏み抜いてしまい、少し配慮が足りなかったと反省する。

けれども、初めての飛行機に興奮しているというのは本当のようで、沙優は好奇心のままに窓の外を眺めてみたり、座席の前に取り付けられたモニターをいじってみたりしている。

ああいう風に歳相応な子供らしさを見せる沙優を見るのはとても新鮮で、大人に対しては努めて隠しているだけで、本当はああいった一面もたくさんあるのだろうな、なんてことを考えた。

それと同時に、こうして〝飛行機に乗る〟という初めての体験にテンションを高ぶらせることで、この後のことを考えるのを一旦保留しているのかもしれない。

沙優の本当の気持ちは測りかねるが、とにかく今は沙優が楽しそうにしているのを邪魔したくはない。

俺も、初めての〝ビジネスクラスのシート〟をめいっぱい楽しんでやろう、と思い直して。

リクライニングシートを、思いきり倒してみたりした。

＊

「うわ、だいぶ肌寒いな……」

2時間ほどのフライトを経て、北海道に降り立つと、まず、気温の違いに驚いた。

東京はまだ「少し涼しくなってきた」という程度の気温であったから、秋用の上着を持っていこうとしていた俺に、沙優が口酸っぱく「冬用にしたほうがいい」と言ってきたのだが……。

「こりゃ、秋用ので来てたら大変だったたな」

「でしょ～？」

俺が思わず口に出した言葉に、沙優がくすくすと笑いながら茶々を入れてくる。

沙優本人はといえば、制服のシャツの上にカーディガンを着て、その上にパーカーを羽織り、さらにその上からブレザーを羽織るという大変強引な防寒で済ませていた。

若干もこついているものの、それでもなんとなくファッションとして成立しているように見えてしまうのが女子高生の恐ろしいところだ。

荷物を受け取り、空港のエントランスを出たところで、一颯は急に俺と沙優の方を振り返って、言った。

「すみません。少しやることがあるので、ここらで二人で時間を潰していていただけますか？」

唐突なその言葉に、俺はぽかんとしてしまう。

「や、やることって？」

てっきり、空港に着いたらすぐに実家に向かうものだと思っていたので、シンプルな疑問が口をついて出てしまった。

一颯は申し訳なさそうな表情で答える。

「札幌にも弊社の支社があるんですよ。そこに、視察と銘打って顔を出してきます」

一颯はそう言って、少し困ったように微笑んだ。

「さすがに僕も……それらしい理由をつけなければ東京を離れられないですから」

その言葉で、一颯は沙優の兄であるのと同時に、一企業の社長であるのだということをもう一度思い知らされる。

そして、一颯はその両方に対して真摯でいようとしている、ということだ。

「わかった」

俺よりも先に、沙優が返事した。

「どれくらいかかりそう？」

「まあ、2、3時間ってところかな。待たせて悪いが」

一颯が答えると、沙優は優しく微笑んで、首を横に振った。

「大丈夫。ここまで連れてきてもらっただけでもすごく助かったから」

沙優のその言葉に、一颯は一瞬驚いたように目を丸くして。

それから、少し嬉しそうに微笑んだ。

「そうか」

一颯は頷いて、続いて俺の方を見た。

「すみません、数時間、沙優の面倒をみてやっていただけますか」

「もちろんです」

俺が頷くと、一颯は「ありがとうございます」と軽く頭を下げてから、スマートフォンを取り出すと、どこかに電話をかけながら早足で歩いて行った。

「行っちゃったね……」

沙優が一颯の背中を見送りながら言う。

「あれだけ忙しそうな社長が、妹のためにここまでするってんだから……ほんと、愛されてるよな、お前」

そう言ってやると、沙優ははにかんだように口角を上げてから、こくりと無言で、頷いた。

3話 カフェ

「さて……時間ができたはいいが、どうやって潰そうか」

空港前で呟く。

一颯は用事が済んで帰ってくるまでに2、3時間はかかると言っていたし、あまり勝手に移動しすぎても合流が難しくなってしまうだろう。

「なんか、近場で行きたいところとかあるか？　ほら、俺、北海道はなんも分かんないから……」

「そうだよね、来たこともないんだもんね。吉田さん、旅行とかもしなそうだし」

「確かに、大人になってから社員旅行以外で旅行に行ったことはないな」

「あはは、そんな気がした」

沙優はくすくすと肩を揺すって、俺を横目に見る。

「それでも、ちょっとくらい知ってるところとかあるんじゃない？」

沙優に訊かれて、俺はううん、と唸り、少しの間考える。

北海道……北海道……。

北海道といえば、味噌ラーメンや、蟹……食べ物の印象ばかりだった。

「あ」

小さく声が漏れて、沙優の方に向き直る。

「クラーク像……とか？」

俺がそう言うと、沙優は一瞬きょとんとした後に、ぷっと噴き出した。

「確かに有名だけど、ここからは遠すぎ！　歩いて行くような距離じゃないよ」

沙優にけらけらと笑われて、俺は唇を尖らせる。

「札幌にあるって聞いてたんだけどな……」

「確かに札幌だけどさ。札幌ってどれだけ広いと思ってんの」

「そうだよな……北海道ってでかいよな、やっぱり」

「ふふふ」

ひとしきり可笑しそうに笑ってから、沙優は言う。

「じゃあ、とりあえず歩き回ってみる？　北海道の空気を吸ってみる……みたいな」

「……そうだな、そうしよう。どっか入りたいところがあったらすぐ言ってくれ。俺もなんかあったら言う」

「わかった」

頷き合って、俺たちは空港から出て、北海道の街へ繰り出した。

沙優は北海道のことを田舎だ田舎だと言っていたが、空港の近辺は東京とそう変わりがないと感じた。

車通りは多く、人の行き来も激しい。

「結構都会じゃねぇか」

俺がシンプルな感想を漏らすと、沙優は鼻から息を漏らしながら言う。

「ここは田舎の都会だから」

「ああ……なるほどな」

田舎の都会、というのは分かりやすい喩えだった。

俺の住んでいるところはその逆で、「都会の田舎」という感じだ。

都心に電車一本で行ける距離にあり、駅前はそこそこに栄えている……というか、必要な店は一通りそろっているものの、駅から5分10分歩くと質素な住宅街や緑地だらけになってくる、と、そんな感じ。

沙優の言い草からすると、ここは田舎な地域の中でも比較的便利な街、という立ち位置なのだろう。

まあ、空港があるあたりが商業街になるのは当たり前ともいえるかもしれない。

「お前の家があるところは？」

「田舎だよ。田舎も田舎」

沙優はどこか楽しそうにそう言った。

「まあ、『旭川駅』の近くにはショッピングモールとかもあって、結構それっぽい街だけど、ちょっと離れたらもう大自然。北海道はそんなとこばっかりだよ」

「なるほどな」

それからはしばらく二人とも無言だった。

東京よりもずっとひんやりとして澄んだ空気を吸い込みながら、道を歩く。

広い歩道をゆっくりと二人で歩くのは、なんとものんびりとした気持ちになった。

改めて……こんなにも遠く、俺にとって馴染みのない土地から、沙優は東京までやって来たのだ。

俺の隣には今沙優がいる。

しかし、彼女が東京にやってきたとき……いや、厳密にはもっと前から……この土地を旅立ったその時から、彼女の隣には誰もいなかったのだ。

知らぬ土地に、一人で、行く当てもなくやってくる。

どれだけ心細く、不安だったか、想像もつかないと思った。

「あ」

隣を歩く沙優が、突然声を上げたので、自然とそちらに視線が向く。

「ん？」

「あ、いや……」

沙優の視線の先には、カフェがあった。

「カフェ……あるなって」

「カフェか……入りたいのか？」

彼女の見ているカフェは、東京でも見たことのあるような、どこにでもあるチェーン店だった。

「んっと……うん、そうだね、入りたいかも」

「あのカフェに？」

俺が訊き返すと、沙優は曖昧な首の振り方をする。

「いや、あのカフェにっていうか……カフェに入ってみたいなって」

「へぇ……なんでだ？」

別に理由を聞かずとも、彼女が入りたいと言うのなら入れば良いと思っていたが、俺は興味本位でそう訊いてしまう。

俺が訊くと、沙優はどこか言いづらそうに口ごもる。

「ああ……言いづらいことなら別に答えなくてもいいんだけどな」

答えづらいことを訊いてしまったかと思い俺が慌ててフォローを入れると、沙優も同じく慌てたように首を横に振った。

「ううん！　別に、言いづらいとかじゃないんだよ」

沙優は首を強く振ってから、少しの間を持たせて、答えた。

「……カフェ、あんまり行ったことなかったから」

「それは……北海道で、ってことか？」

「うん……それもそうだし、北海道出てからも。ほら、女子高生って、結構カフェとか行くもんなんでしょ？」

沙優のその他人事な質問に、俺は思わず失笑する。

「はは、俺も詳しくは知らないけど……まあ、そういうイメージはあるな」

答えてから、俺は微妙な気持ちになる。

高校生だというのに、彼女は放課後にカフェに行く……などという普通の高校生がするような遊びをしてこなかった、ということなのだろう。

「そうか……じゃあ、行くか。カフェ」

俺がそう答えると、沙優はきらきらした目をしながら頷いた。

「うん！　行く！」

彼女の顔に一瞬差した影が引っ込んで、子供っぽい表情になったのを見て、俺は少し安心した。

スマートフォンを取り出して、ネット検索を試みる。

「えー……札幌……空港……カフェ……オシャレ……っと」

「えっ、そのカフェじゃないの？」

沙優が目の前のカフェを指さすが、俺は首を横に振った。

「せっかくのカフェだぞ？　こんなどこにでもあるヤツじゃなくて、なんか良さそうなところがあったらそっちの方がいいだろ」

俺がそう答えると、沙優は数度瞬きをした後に、少し嬉しそうに微笑んだ。

「……うん、そうだね！　オシャレなカフェでオシャレな休憩しよ！」

「ああ、それがいい。……ここ　とかどうだ？　15分くらい歩くっぽいけど」

検索に引っかかったカフェを、沙優に見せる。

「北欧風の内装と、バリスタの厳選した豆にこだわった本格コーヒー……いいね！　雰囲気良さそう！」

沙優は楽しそうに頷いて、微笑んだ。

場所を決めたら、ナビツールに住所を打ち込んで、案内を受けながら、またのんびりと歩き始める。

これから沙優の母親のいる実家に向かうというのに、どこか心は落ち着いていた。

隣の沙優の横顔を盗み見ても、彼女も同じようにどこか落ち着いているように見えた。

北海道に戻ってくれば、いよいよ緊張しだす頃かと思っていたのだが。

「あ！　あれじゃない？」

沙優が指さした方向に、こげ茶の木材でウッドデッキが組まれた建物がある。

「ああ……多分そうだ」

空港からしばらく歩き、大通りから逸れて少し静かな路地に入ったところに、そのカフェは建っていた。

「すごい、ほんとにカフェって感じ」

少しばかり興奮した様子の沙優に、俺は微笑ましさを覚えた。

「そりゃ、カフェだからな……」

我ながらつまらない返答をして、俺はカフェの扉を開けた。

お洒落な外装から想像できていたが、内装もかなり洒落ている。

元の木の形が残された木材で壁や天井が組まれており、北欧のコテージのような、柔らかくあたたかい雰囲気が作られていた。

ほとんどの席が客で埋まっていたものの、幸いなことに待ち時間なく席に案内される。

店の雰囲気が落ち着いているからか、客がたくさんいる割には騒がしくなくて、とても落ち着ける店内だと思った。

「すごい……カフェってこんなにオシャレなんだね」

「カフェならどこでもこう、ってわけじゃないだろうけどな。俺もこんなにオシャレなところに来たのは初めてだ」

「そうなの？」

俺の答えに、沙優は意外そうな表情をした。

その反応に、俺は眉を寄せる。

「俺がオシャレなカフェに通ってそうに見えるか？」

「うーん、そう訊かれると確かにそんなイメージはないけど……」

沙優は曖昧な表情を浮かべながら言う。

「でも、みんなカフェくらいは当たり前に行ってるものだと思ってたから」

沙優が少し寂しそうに言うのを、俺は何も言えずに見ていた。

「いらっしゃいませ。ご来店ありがとうございます」

店員がおしぼりとメニューを持ってやってくる。

沙優はにこやかにそれらを受け取った。

「ね、何頼む？」

少し前までの寂しそうな表情はどこかへ消えて、沙優は楽しそうにメニューに目を落としていた。

「俺はブレンドコーヒーにする」

「アイス？　ホット？」

「ホットかな」

普段、缶コーヒーなどを飲むときはアイスを選択しがちなのだが、カフェに来た時は「せっかくならホットで」と思ってしまうのはなぜなのだろうか。

自分で思いながら、いつも「せっかくなら」の意味が分からずにいる。

なんとなく、ホットの方が味わい深いと思うのは、何か理由があるのか。

そんなことを考えているうちに、沙優も注文を決めたようで、力強くメニューを指さした。

「これにする！」

「うん。抹茶オレか」

「せっかくなら甘いの飲んでみようかと思って」

「ふっ」

沙優の言葉に俺が失笑すると、沙優は「ん？」と首を傾げた。

「いや、なんでもない」

俺と沙優で、「せっかくなら」の方向が全然違うことと、ちょうど考えていた言葉を沙優が使ったことの両方におかしみを覚えて、俺は頰を緩めながら店員を呼んだ。

「すみません！」

＊

飲み物が届き、二人、無言でそれを啜る。

一口目は沙優も目を輝かせて「甘くておいしい！」なんて言っていたが、少し経つとすっかり落ち着いて、窓の外の景色を見ながら、穏やかな表情で抹茶オレを飲んでいた。

BGMとしてかかっている軽やかな民族音楽と、他の客の、木の葉が揺れるような喋り声の塩梅が、気持ち良い。

「さっきの話だけどさ」

沈黙を破り、沙優がおもむろに口を開いた。

「私、カフェって、兄さんにときどき連れていかれた時しか来たことないんだ」

沙優はそう話しながらも、まだ窓の外に視線をやっている。

その横顔には、また、寂寥感が滲んでいた。

昔のことを思い返すように、ぽつぽつと、沙優は続ける。

「放課後は直帰しないと母さんが怒るし、休日も家から出してもらえないことの方が多かったから……高校の頃は自発的にカフェに行こうと思ったことすらなかった」

沙優はそう言って、特に意味もなげな手つきで、ストローで抹茶オレの液体を混ぜた。

薄緑色の液体と、その上に載っていたホイップクリームの白色の境界が、じわりと曖昧になる。

「東京に来て、街をぶらぶらしてた時、当たり前のように女子高生が……友達同士でカフェに入ってくのを見てさ」

情景を思い返すように、沙優は目を細めた。

「ああ、そうか……高校生はカフェに行くものなのか。って、思ったんだよね」

その言い方に、俺は少しだけ胸が痛むのを感じた。

沙優だって高校生だった。そうでありながら、〝普通の高校生〟とは精神的な乖離を感じていたということだ。

うちに来たばかりの頃から、沙優の「遠慮しがち」な部分は、度が過ぎていると感じることが多かった。

しかしそれもこれもすべて、学生の頃のこういった〝抑圧された経験〟の積み重ねであったというなら合点がいくし、それと同時に、どうしようもないやるせなさに苛まれる。

俺が何も言えずにいると、沙優はようやく窓の外から視線を戻して、俺を見た。

そして、はにかんだように笑って、言った。

「だからね、吉田さんと、特に用事もないのにカフェに来られたの……なんか嬉しい」

「……そうか」

俺は、なんとか言葉を絞り出す。

「なら良かったよ」

「うん」

俺と来れて良かった、という沙優の言葉はきっと本心なのだろうと思った。

最近の沙優は、誤魔化すような笑顔を見せることはなくなったからだ。

でも、もっと先、俺と別れた未来では、カフェになんて何の感慨もなく気軽に入るようになってほしいと思った。

沙優は穏やかに、ときどき手持ち無沙汰に抹茶オレをストローでかきまぜながら、ゆっくりとカフェでのひと時を楽しんでいるように見える。

沙優が話し出すまでは俺も黙っていよう……と、最初は思っていたのだが。

あまりに沙優が〝穏やかすぎる〟ものだから、ついつい、口を開いてしまう。

「家に帰るの、こわくないのか？」

俺がそう訊くと、沙優は俺と視線を合わせて、数回、ぱちくりとまばたきをした。

そして、困ったように笑ってから、答える。

「そりゃ、こわいよ」

あっさりとそう言う沙優に、俺もぽかんとしてしまった。

そんな俺の表情を見てか、沙優は「ふふっ」と失笑してから。

「こわいに決まってる。だから吉田さんについて来てもらったんじゃん」

「そりゃ、そうなんだが……なんか、思った以上に落ち着いてるように見えるからさ」

　俺が言うと、沙優は曖昧な笑みを浮かべて、テーブルの上に視線を落とした。

　そして、こくこくと頷く。

「確かに、それはそう。いざ来てみたら、思った以上に落ち着いてる」

　沙優はそう言って、また抹茶オレをストローで混ぜる。

「いつかは帰らなきゃいけないって、ずっと思ってたから……」

　くるくるとストローを回しながらグラスに視線を落としていた沙優が、すっと、俺を見た。

「その『いつか』が、もうすぐそこまで来てるんだね」

　沙優のその言葉に、俺は少しだけ鳥肌が立った。

　俺は、沙優を心配しているようで、どこか侮っていたようだ。

　もうとっくに、彼女は覚悟を決めてしまっているのだ。

　逃げてきた過去と向き合うのは、当然、こわい。けれど、もうそこから逃げることはできないし、逃げる気もない。

　そんな心持ちであれば、確かに〝落ち着いて見える〟のも頷ける。

「そうか……そうだな」

　俺は自分の浅はかさを悔いながら、神妙に、そう言った。

沙優はそんな俺を見て、くすりと笑った。

「それより……ほんと、カフェっていいね」

「うん？」

「美味しいもの飲んで、ゆったり時間が流れて……」

沙優は、ちゅうと抹茶オレをストローで吸って、微笑む。

「元気、補充できた感じがする。ありがと」

「……ああ」

曖昧に頷いて、俺もコーヒーを啜る。

来たばかりは熱々だったホットコーヒーも、気付けばもうぬるくなっている。

そして、時間が経ったことで、少しだけ味に角が立ってきていた。

俺は小さなミルクポットを傾けて、少しだけカップに垂らす。

真っ白な液体が、ブラックコーヒーの綺麗な黒色の水面に触れると、その瞬間にぶわりと雲のように白色が広がり、琥珀色の煙のように水面をひらひらと舞った。

その様子を眺めているだけで、少しずつ心が落ち着いていくのを感じる。

「……確かに、いいな。カフェ」

俺がぽつりと言うと、沙優は何故かとても嬉しそうに笑って、頷いた。

「ね！」

今日一番の無邪気(むじゃき)な表情を見た気がして、自然と、俺の頬も緩んだ。

沙優は、ふふ、と笑いながら、抹茶オレをストローでかき混ぜて。

「……私も、いつかこうやって」

穏やかに言った。

「当たり前みたいに、カフェに行ったりするようになるのかな」

俺はその言葉に、胸が温かくなるような、切なく痛むような、なんとも言えない気持ちになる。

言葉を選ぶ時間を作るように、ずず、とぬるいコーヒーを啜ってから、俺はため息をつく。

「こっちの生活に慣れて、新しい友達ができたら、そいつらと行ったらいいさ」

それは未来の想像というよりは、俺の願いに近い言葉だったのかもしれない。

それでも、沙優が誰(だれ)かとカフェに行き、楽しそうに談笑している姿を想像するだけで、心が温かくなった。

そうあってほしい、と、思う。

「……うん、そうだね。そうなりたい」

沙優も、目を伏(ふ)せながら、穏やかにそう答える。

それから、沙優は何かを考えるように、またストローで抹茶オレをかき混ぜていた。

テーブルの上に落ちた彼女の視線。

きっと、その先には彼女の『未来の想像』があって、俺の見知らぬ誰かと一緒に、カフェに遊びに来ているのだと思う。

これは、予行演習なのだ。

特に用事もないのに、ただ、暇を潰すためだけに、カフェに来る……そんなごく普通の日常を、沙優が取り戻すための。

「俺も……一人でカフェに入るようなオシャレな感じのオッサンになったりしてな」

軽口のように俺がそう漏らすと、沙優は目をまんまるにして俺の方を見た。

その反応を見て、自分でも可笑しくなる。

「……あまりにも想像つかないな」

「あはは！　うん、あまりにもね」

沙優は明らかに「どう言ったものか」という顔をしていたので、俺の方から否定したことで緊張から解き放たれたように気持ちよく笑った。

飲み物を飲みながら、穏やかに語らう時間。

もうすぐ決定的に何かが変わるかもしれない……という局面の手前で。

俺と沙優の二人は、最後の、ゆったりとした時間を共有した。

4話　一歩

「いやぁ、遅くなりました。思った以上にいろいろと捕まってしまいまして……」

結局、一颯が車に乗って戻ってきたのは、4時間以上が経過したのちであった。

昼過ぎに北海道に着いたのに、もう日が暮れかかっている。

「これから旭川に向かうので……着くころにはもう夜ですね」

一颯が眉を寄せながらそう言った。

「夜にお邪魔する形になって大丈夫なんですか？」

母親と会うというのに、そんな非常識な押しかけ方をして大丈夫なのかと心配になる。

俺が訊くと、一颯は肩をすくめてみせた。

「母は深夜まで眠りませんから。大丈夫ですよ」

「なるほど……ご迷惑でないならいいんですけど」

「吉田さんはあまり細かいことはお気になさらずに」

一颯はそう言って微笑んでみせた。

そして、ふっと、なんとも言えない表情を浮かべて、呟く。

「それに、今、母の頭の中は沙優を連れ戻すことでいっぱいになっていますから。時間はあまり関係ないでしょう」

一颯のその言葉に、俺も、沙優も何も言えなかった。

「しかし、今からどこかでご飯を食べてから向かうとなると、本当に深夜になってしまうので……」

「ご飯とかはコンビニで買えばいいんじゃない？」

一颯が言うと、沙優がそう提案した。

頷いて、俺の方を見てくる一颯。

「申し訳ないのですが、それで構いませんか？」

「もちろん、まったく問題ないです」

「ありがとうございます。では、近場でコンビニを見つけたら入りましょう」

話がまとまったところで、全員車に乗り込む。

いよいよ、この車に乗ったらあとは沙優の実家へ向かうのみとなってしまった。

沙優を差し置いて自分自身が緊張してきているということに気が付かないよう、俺は努めて窓の外の景色を眺めることに注力した。

車が動き出してすぐにコンビニは見つかり、俺たちはそこで食料と飲み物を適当に買い揃えた。

改めて実家に向けて走り出す。

一颯は運転しながら、チューブタイプの栄養ゼリー飲料を吸っていた。

一気にそれを吸ってしまってから、信号待ちの間に彼は沙優に声をかける。

「このまま直接家に向かっていいか？」

一颯のその質問に、沙優はすぐには答えなかった。

てっきり、全員が直接向かうつもりでいるものだと思っていたので、沙優の意図を測りかねて、俺は彼女を横目に見た。

沙優は数十秒の逡巡の末、意を決したように口を開く。

「一つ、寄ってほしいところがあるんだよね」

「どこ？」

運転しながらの一颯の重ねた質問に、また沙優は少しの間押し黙った。

そして、言いづらそうに答える。

「……高校」

沙優がそう言うと、一颯もどこか意味ありげに沈黙した。

そして、少しの時間をおいて。

「……行きたいのか？」

と、再確認のように、訊いた。

「うん」

沙優がもう一度、シンプルに頷くのを聞いて、一颯は深く息を吐いた。

「わかった」

神妙に頷いてから、一颯はまたハンドルをぎゅうと握りなおす。

俺は、もう一度沙優を横目に見た。

少しの間うつむいて何かを考えている様子だった沙優だが、少し経つとまた車窓の外へと視線をやった。

そして、そのままじっと、動かなくなる。

今沙優は、何を考えているのだろうか。

1週間前、沙優から、彼女の過去についての話を聞いた。

『高校』というのは、沙優にとって、良い思い出ばかりの場所とは言えないだろう。むしろ、悪い思い出の方が多いのではないかと思う。

あれほど帰りたくなかった実家に帰る、という大きな目標を達成する前にそこに立ち寄ろうとする彼女の意図は、一体何なのか……俺には想像がつかなかった。

しかし。

穏やかに、窓の外を眺めている沙優に、それを質問する気にも、なれなかった。

＊

茜さす公道を、私たちの乗った車はびゅんびゅんと走ってゆく。

車の通りはまばらで、渋滞もなく、ときどき信号に引っかかる以外には大きな足止めのないドライブは、快適だった。

コンビニを出て数十分が経つと、もう高いビルは見えなくなり、北海道の広大な土地がよく見えるようになる。

田舎の風景。

ずっと都会にいたのに、この景色を見るだけで「ああ、帰ってきたな」という気持ちになった。

そう……帰ってきた。

半年以上逃げ続けた土地に、ようやく。

カフェで吉田さんに言われた通り、確かに、私は妙に落ち着いていた。

まだ、家に帰るのがこわいという気持ちが消えたわけじゃない。

でも、思った以上に、今から実家へ帰るのだという事実を、冷静に受け止めている自分がいた。

結局、勇気がなかっただけなのだと思う。『一歩を踏み出す』という勇気が。

何をするにしても、最初の一歩目を踏み出すのにとてつもない勇気が必要になるだけで、その一歩さえ越してしまえば、あとはもう歩くしかないのだから。

ただ、私は……後ろ向きな歩みはどんどんと進められるのに、こうして、本当に前へ進むための一歩を踏み出すのにはとても……とても時間がかかってしまった。

反対側の後部座席に座る吉田さんをちらりと見やる。

自然と、小さく、息が漏れた。

臆病な私が、『第一歩』を踏み出す勇気を持てたのは、確実に、吉田さんのおかげだ。

こうして吉田さんが背中を押してくれたからこそ、振り絞れた勇気なんだ。

だから、今度こそ。

背中を押してくれた人のためにも、自分のためにも……私の過去に、きっちりと決着をつけなくてはならないと思った。

母さんに会いに行って話をするだけじゃない。

その前に。

ずっと思い出さないようにしようとしていた、あの子のことを……きちんと、思い出して、受け止める。

それが必要だと、思った。

正直、まだあの場所へ行くのは怖い。耐えられる自信がない。

けれど……今は吉田さんが一緒にいるから。

彼に寄りかかってばかりで、情けないと思う。

でも、それでも……吉田さんに頼りながらでも、やっぱり、あの場所へは行くべきだ。

そうでなければ……きっと、私は吉田さんと出会ったことも、無駄にしてしまうから。

そんなことを考えながら、窓の外の、高速で通り過ぎていく電柱を眺めていたら……ちょっとずつ意識がぼんやりしてきて、私はうつらうつらと、目を瞑った。

5話 学校

車を停めて、一颯がそう言ったのは、車を動かし始めてから4時間ほど経過した頃だった。

「着きましたよ」

時刻はもう21時を回った頃だ。

「運転、お疲れ様でした」

俺が言うと、一颯は伸びを一つして。

「確かに、ちょっと疲れましたね」

と言って、微笑んだ。

沙優の方へ目をやると、窓の方へ頭を倒して、すうすうと眠っている。

起こすのも悪いかと思ってしまうが、もう目的地に着いているのだから起こすほかない。

「おい、沙優。着いたみたいだぞ」

「んん……うん？」

「着いたってさ」

「もう着いたの……？」

「4時間は走ったぞ」

「ええ……すっごい寝ちゃったかもしれない」

沙優は目をぐりぐりとこすってから、目を細めて窓の外を見た。

そしてすぐに、彼女が「はっ」と息を吸うのが分かった。

そう、車は今、沙優の通っていた高校の前に停まっているのだ。

沙優は数秒間、瞳を揺らして車内から校舎を見ていた。

それから、ゆっくりとドアを開けて、外に出た。

時間が時間なので、もう校舎内で明かりのついている部屋は一つもない。学校の敷地の外側にとりつけられた街路灯からの光だけが、うっすらと校舎を照らしている。

沙優は、感情の読めない表情で、じっ、と校舎を見つめていた。

そして、おもむろに。

「よし、じゃあ……行ってくる」

と、言った。

俺も、一颯も、その言葉に目を丸くしてしまう。

「え、入る気なのか？」

慌てたように一颯が言うと、沙優はにこりと笑ってこともなげに答えた。

「うん、入れるところ知ってるから」

そのどこか有無を言わせないような笑顔に気圧されて、一颯は未だ困惑したような表情を浮かべつつも、「危ないことはするなよ」とだけ言って、それを許可した。

こんな夜遅くに女子一人で学校に入っても大丈夫なのかと俺も思ったが、勝手知ったる本人が大丈夫だというのだからきっと大丈夫なのだろう。

それに、もう一度校舎の方に目をやっても、どう見ても人がいそうな様子ではない。

また余計なことを言って沙優の決意を鈍らせても良くないので、黙って見送ろう……と、思っていると。

沙優がてくてくとこちらにやってきて、俺の服の袖をつまんだ。

「吉田さんは一緒に来てほしい」

「えっ？」

思わぬ要請に、俺は素っ頓狂な声を上げた。

「なんで？」

「……一人だと怖いから」

沙優のそのシンプルな回答に、俺は力が抜けたように息を吐いた。

確かに、自分の通っていた高校とはいえ、この暗闇の中ではもはや別世界だろう。

単純に暗い中を一人で歩くのが怖いということなら、誰かと一緒の方がいいのは間違いなかった。

確認をとるように一颯のほうへ視線を送ると、彼は無言で、こくりと頷いた。

「分かった」

俺が頷くと、沙優は少し安心したように息を吐いて。

「それじゃあ、行ってくるね」

と、もう一度一颯に行った。

「いってらっしゃい」

一颯は簡潔にそう返事をしてから、俺の方を見る。

「沙優のこと、よろしくお願いしますね」

「はい」

すっかり信頼されたものだと感慨深く思いながら、俺は頷いた。

「よし」

意を決したように、沙優が歩き出す。

俺も続くが、沙優は目の前の校門を素通りして、学校の外塀に沿うように外周を歩いてゆく。

「校門から入るんじゃないのか？」

俺が訊くと、沙優はかぶりを振る。

「全体的にセキュリティとかが甘々な学校だけど、校門だけは、一個監視カメラがついてるんだよね」

「そうなのか」

「別にそんなのなくても、誰も忍び込んだりしないのにね」

「今まさに忍び込もうとしてるじゃねぇか……」

「悪さするわけじゃないもん」

沙優はあっけらかんとそんなことを言いながら、すたすたと歩いてゆく。

彼女の横顔を見ても、今、どんな気持ちで学校への道を進んでいるのか、俺には類推することしかできない。

何度も、直接訊こうと思い立っては、やめる。

沙優が「したい」と思っていることに対して、その理由を求めるのは、ただの俺の自己満足だと思うからだ。

代わりに口をつくのは、軽口だけだった。

「これ、もしかしなくても不法侵入だよな」

俺が言うと、沙優はくすくすと笑った。

「そうだねぇ」

「そうだねぇ、って……お前はともかく、俺はバレたら普通にヤバいんだが」

「こんな時間の田舎の高校に誰もいないって」

沙優はそこまで言ってから、いたずらっぽい視線を送ってくる。

「それに、今まではもっとヤバいことしてたじゃん」

「……それを言われると弱いんだよな」

高校にただただ侵入することと、女子高生を家に匿うこと。

どちらも犯罪とはいえ、罪が重いのはどう考えても後者だ。

「よし、着いたよ」

雑談をしていると、あっという間に、校舎の裏側までやってきていた。

「ほら、ここ。良かった、まだ直ってない」

校舎裏の、敷地を囲う金網の一部を、沙優は指さした。

そこには、しゃがめば人ひとりが通れそうなくらいの大穴があいていた。明らかに、「意図的に破られている」というような形をしている。

「この穴、途中で授業をフケる人たちがどんどん大きくしちゃってさ、ちょっとしゃがめば通れちゃうわけ」

そう言いながら、沙優は実際にしゃがんでみせて、いとも簡単にひょいと敷地内へと踏み入ってしまう。

他人事のようにその様子を見ていると、金網の向こうの沙優が「ほら」と言ってこちらに手を出してくる。

「吉田さんも早く来てよ」

「あ、ああ……」

返事をしながらも、躊躇する気持ちは消えない。

今までの人生で、〝不法侵入〟をしたことなど一度もないのだ。

ましてや、自分とはまったく縁もゆかりもない場所だ。

俺の逡巡する様子を見て、沙優は可笑しそうにくすくすと笑ってから、言う。

「ね、一緒に不法侵入しようよ」

「楽しいことみたいに言うな。普通に嫌なんだが……」

「ふふ、でもちょっとワクワクしない？」

「しないって言ってんだろ……」

そんなふうに沙優にからかわれていると、だんだんとどうでも良くなってきて、俺はため息一つ、しゃがんで金網を潜り抜けた。

もう、どうにでもなれ。

俺が敷地内に入ったのを見て、沙優は満足げに微笑んだ。

そして、またすたすたと歩いてゆく。

最低限の明かりしかついていない校舎へ、思った以上に躊躇なく進んでゆく沙優の背中を俺は追いかけた。

「直ってなければ……」

校舎の真裏の、明らかに生徒の出入り用ではなさそうな扉に手をかけて、ノブを捻る沙優。

キィ、と高い金属音が鳴り、扉はあっさりと開いた。

沙優はまた、少し嬉しそうに笑った。

「ここの扉の鍵は壊れてるんだよね。ここもフケる生徒御用達なわけ」

「ええ……鍵はさすがに直すだろ、普通」

「昼間にここから出て行く人はいても、夜にここから入る人なんて誰もいないから」

沙優は当たり前のようにそう言うが、あまりのセキュリティの杜撰さに俺は呆気にとられてしまう。

まあ、そのおかげでこんな時間に学校に入れているのだから、沙優にとってはありがたいことなのだろうとは思うが。

沙優に続いて、俺も校舎内に入った。

校内は非常灯以外、一切の明かりがついておらず、とても暗い。

「夜の学校なんて初めて来た。ちょっと怖いね」

「……ああ、俺も初めてだ」

沙優の感想に、俺も相槌を打つ。

二人でいるとはいえ、やはり暗い校舎というのは不気味だった。これは、学校を舞台にした「怪談」や「七不思議」が後を絶たないのも頷ける。

ふと、右腕にあたたかさを感じて、視線をやると。

沙優が俺に腕を絡めてきていた。

「……」

一瞬、どうしたものか、と思ったが。

暗闇ではぐれないためにも、別にこのままで良いか、と一人で納得して。

俺は無言でそれを受け入れた。

沙優も無言でまた歩き始める。

校舎の端までゆっくりと歩いてゆく沙優。

歩調を合わせながら歩いていると、時々、沙優が俺の腕に絡めている手にこもる力が強くなるのを感じる時があった。

やはり、まったく緊張していないわけではないのだ、きっと。

沙優に「一人だと怖い」と言われた時、俺は「暗闇が怖い」という意味に捉えてしまったが、本当は違ったのかもしれない。

実家に帰るための勇気を俺との同居生活で培ったように、今回この場所にやってくるための勇気も、一人だけでは振り絞れないものだったのかもしれない、と思った。

そんなことを考えていると、気付けば校舎端の階段の前まで来ている。

階段というのもやはり薄暗く、踊り場の窓から差す月の光だけが頼りだった。

「ここを上るのか？」

俺が訊くと、沙優は小さな声で頷く。

「うん……」

「……どこに向かってるんだ？」

階段を上る、という時点で、俺にもなんとなく行き先は想像がついていた。

けれど、俺はあえて、そう質問する。

沙優は数秒の沈黙の後、言った。

「屋上だよ」

暗い校舎の中では、沙優の表情ははっきりとは見えなかったが、彼女の声の震えから、その緊張は容易に感じ取れた。

「……そうか」

俺は、相槌だけを打って。

沙優が自分で歩き出すのを待った。

きっと、ここで俺がリードしてしまっては、意味がないのだと思ったからだ。

俺の腕に、沙優の腕に力がこもったのが、少しだけ伝わってきて。

それから数秒後に、ゆっくりと沙優は歩き始めた。

一歩一歩踏みしめるように、沙優は階段を上る。

俺も、彼女の歩調に合わせて、ゆっくりと階段を上った。

その間、二人とも、一言も言葉を発することはなかった。

静謐な、夜の校舎の中を、二人の足音だけが、トン、トン、と響く。

一歩一歩、沙優の過去へ近づいてゆく。

沙優に付き添っているつもりが、だんだんと、自分も同じように緊張し始めていることに気が付いた頃に。

「……着いた」

ついに、俺と沙優は屋上へと続く扉の前までたどり着いた。

沙優は、扉の前で、すぅ、と息を深く吸った。そして、ゆっくりと吐き出す。

「よし……」

小さく呟いてから、沙優は俺に絡めていた腕をほどいて、屋上の扉に近づき……。

そして、その横にある踊り場のようなスペースの方へ歩みを進めた。

扉の横にある窓は、学校の教室の窓のような大きなものではないが、上手く足を折りたためば十分に人ひとりが通れるだけの大きさがあった。

沙優は四角い窓の片方に手をかけて、がらりと開けた。

「屋上の扉は……〝あれから〟ずっと施錠されてるけど、こっちの窓の鍵は、壊れてるんだよね」

沙優がそう呟く。その言葉には、学校に侵入したばかりの頃のようないたずらっぽい空気は含まれていない。

〝あれから〟というのは、きっと、沙優の親友が亡くなった事件のことだ。

過去を語った沙優が思わず嘔吐してしまったシーンを思い出して、俺は胸が痛むのを感じる。

沙優はまた深呼吸をして。

そして、窓に手と足をかけた。窓枠に足をかけるため、沙優が大きく足を上げると、スカートがずり上がる。俺は反射的に目を逸らした。

俺が沙優から視線をはずしている間に、沙優はひょいと屋上の方へと飛び出していた。

窓の正面に移動すると、屋上側に立つ沙優と向かい合う形となった。

扉の外についた非常灯の緑色の光が、彼女を照らしている。

沙優は、俺の方をじっと見ている。

その目は、明らかに「早く来てほしい」ということを俺に訴えかけてきていた。

でも、俺は……ここに来て、足がすくんでいる。

この先は、〝沙優の人生を変えた場所〟なのだ。

その事実が、俺を立ち止まらせてしまう。自分が立ち入って良い場所だとは、とうてい思えない。

窓に触れるのを躊躇していると、沙優がおもむろに口を開いた。

「俺は……」

光に照らされた沙優と、俺の視線が交差する。

「吉田さん、お願い」

真剣で、まっすぐな要請。

沙優の決意のこもった視線にあてられてようやく、俺は、自分と沙優の立ち位置に気が付いた。

過去に向かい合うのが一番怖いのは、他の誰でもなく、沙優自身のはずだ。

けれど、そうでありながら、沙優は先陣を切って、屋上に立っている。

しかし、彼女はこちらを向いたままだ。

じっ、と沙優を見ると、案の定……小刻みに震えているのが見えた。

きっと、屋上の方向に振り向くことは、できないのだと思う。

彼女は、一歩を踏み出した。でも、あともう少しばかりの勇気が、足りない。

……まったく、何をしにきたんだ、俺は。

心の中で自分を叱責して、ようやく、俺の足は動いた。

「分かったよ」

小さくそう答えて、俺は窓枠を乗り越える。

俺がここに立ち入って良いか、そんなことを俺がうじうじと考える必要なんてなかった。

なぜなら、沙優に、求められているからだ。

6話 フェンス

屋上へ出ると、扉の上についた非常灯以外の明かりはまったくなかった。

緑色の光を背にしてしまうと、視界は真っ暗で、暗闇の中に急に放り出されたような感じがする。

沙優は、まだ扉の方を向いている。

「沙優……大丈夫か？」

「……うん」

頷いたものの、沙優は未だ、少し震えながら扉の方を向いていた。

小さく息を吐いて、俺は、何も言わずに沙優の隣に立っている。

俺には、ここは、ただの屋上にしか見えない。

暗闇に少しずつ目が慣れてくると、だんだんと屋上の形も見えてきた。

特になんの特徴もない、普通の、屋上だ。

ただ、四方を囲んでいるフェンス。あれが目につく。

人ふたり分ほどの高さがあるフェンスに、さらに頂点は内側に向けて角度がついている。

つまり、よじのぼって外に出ることができない造りになっているのだ。

きっと……このフェンスは、沙優が学校に通っていたころには、なかったものだ。

そんなことを考えていると、隣に立つ沙優が、少しだけ動いた。

横目に彼女を見る。

ゆっくりと、扉(とびら)の方から、屋上の方向へ、身体(からだ)をねじって。

そして、屋上の方を向いた。

「はっ……」

沙優は、深く息を吐く。

屋上の方向へ身体を向けただけで、沙優の呼吸は荒(あら)くなっていた。

一歩、足を踏(ふ)み出す沙優。

「お、おい、大丈夫か……無理するな」

「大丈夫」

沙優はきっぱりと言って、また一歩、踏み出す。

しかし、どう見ても〝大丈夫〟ではなさそうだ。

肩で息をしながら、沙優は一歩一歩、屋上を歩いてゆく。

俺はその少し後ろを、付き添うように歩いた。

ゆっくりと、ゆっくりとフェンスに向かって進んでゆく沙優。

しかし、屋上の真ん中あたりに来たところで、足から力が抜けたようにすとんとその場にへたり込んだ。

「沙優！」

「大丈夫……ッ！」

駆け寄ろうとする俺に、沙優は少し大きな声で返してきた。

それは俺の動きを制止するものだと分かって、俺も足を止める。

「大丈夫だから……」

沙優は俺の方を振り向いて、力なく微笑んでみせた。

その表情を見て、俺は何も言えなくなってしまう。

これが、沙優が一人でやるべき〝儀式〟なのだとしたら、俺は手を出さずに、ここで見ているのが良いのだろうが……。

それでも、苦しんでいる沙優のことはどうにか助けてやりたいと思ってしまう。

正しく〝寄り添う〟ことは、あまりに難しい。

「ここで全部が終わって……全部が始まったんだよね」

沙優はゆっくりと立ち上がって、また顔を上げた。

「よし……」

小さく呟いて、沙優は深く息を吸う。

そして、彼女は急に、駆け出した。

「えっあっ……おい！」

驚いて俺が声をかけるも、沙優はあっという間に屋上の端へたどり着いて、ガシャンと
フェンスに両手をついて、止まった。

俺も駆け足でその後ろまで追いついて、立ち止まる。

沙優ははあはあと肩で息をしながら、うつむいている。

息切れがおさまると、今度は、彼女の肩が小刻みに震え出したのが見えた。

「……この」

沙優が、小さな声で言う。

「このフェンスが……もっと早くあったら良かったのに」

沙優がそう言うのを聞いて、俺は明確に、胸が痛むのを感じた。

やはり、このフェンスは、結子が自殺したときにはなかったものなのだ。

きっと、彼女の死を受けて、設備強化がなされたということなのだろう。

「オトナ」という生き物はいつも、取り返しのつかないことが起こってから、その対策に追われている。

俺が何も言えずにいると、沙優は鼻声で、ぽつりと言った。

「結子が死んじゃったのは……私のせい」

沙優のその言葉に、俺は激しい違和感を覚えた。

何か言葉をかけてやりたいが、適切な言葉が、思い浮かばない。

「私は結子の気持ちに寄り添えなかった。一緒に戦うのが正しいことだって、勘違いしてた」

俺は、沙優の真横までゆっくりと歩いて近寄った。

彼女は苦しそうな表情で、フェンスをぎりぎりと手で握りながら、話し続ける。

「あの子を追い詰めたのは……私なんだ」

沙優がそこまで言ってようやく、俺は彼女の言葉の違和感の正体に気付く。

沙優が結子を追い詰めた……本当に、そうだろうか？

彼女の話では、結子は最後に、沙優に対して「笑ってて」と言ったんじゃなかったのか。

結子の本当の気持ちは、俺には分からない。

　でも、沙優の話を聞いただけでも、分かることはある。

「私が……私が」

「沙優」

「私がもっと、結子に」

「沙優ッ！」

　沙優の手を強引に摑むと、彼女は目を見開いて俺を見た。その目尻には涙が溜まっている。

　俺は、ようやく自分が言うべき言葉を理解したように。

「……お前のせいじゃない」

　自然と、そう言った。

　しかし、沙優は茫然としたように目を開いて、首を何度も、横に振った。

「そんなことない……私は……結子のこと考えるフリして、結局あの子のことちゃんと見れてなくて……ッ！」

「そもそもいじめなんてなければ、沙優とその子は平和に過ごせたはずだ」

「そのいじめの原因が私なんじゃんッ！」

　叫ぶように沙優が大声を上げた。

ストレートな感情の発露に、俺は一瞬ひるんでしまう。

しかし、ここで終わらせては絶対にいけないと思った。

奥歯を噛みしめて、諦めずに沙優に言葉を投げかける。

「それでも、沙優に近づこうと思ったのは、その子自身の意思だ。お前に憧れて、お前と友達になりたくて、そうした！」

「でも……だから……ッ！」

「沙優……ッ」

沙優の言葉を遮り、彼女の両肩をがしりと摑んで、ぐらぐらと揺する。

胸の奥が熱い。伝わらないことがこんなにもどかしいと感じたことはなかった。

親友を失って、その原因が自分にあると思い込む。

沙優は自分自身を過去に縛り付けて、動けなくしている。

それでは、一生、前なんて向けるはずがないのだ。

「お前たちはッ！」

はじめは、シンプルな話だったはずだ。

なのに、〝死〟という大きな決別が、根本的な部分を覆い隠してしまった。

「お前たちは……お互いに、たった一人の友達だったんだろ……ッ！」

俺がそう言うと、沙優は目を大きく開いて、そしてぼろぼろと大粒の涙をこぼした。

「お前たちは想い合ってた……想い合いすぎてただけなんだ」

「私のこと想ってたならッ！」

沙優がもう一度、叫んだ。

そして、次の言葉が、嗚咽でかすれながらも、絞り出される。

「一緒に生きて欲しかった……ッ」

胸が詰まる思いになる。涙が出そうになるのをこらえた。

俺がここで泣いてはいけない。

「でも、私がそんなこと言ったら……結子が死んじゃったのも、全部結子が悪いみたいな……そういうふうに言ってるみたいになっちゃうじゃん……ッ！」

「それでいい」

「いいわけないッ！」

「いいんだッ!!」

俺が大きな声を出すと、沙優がびくりと震えた。

言うべきことは、分かっている。

でも、俺にその言葉を言う資格があるだろうか。

そんな思いが、胸の中をよぎった。

でも、そんな思いはすぐに消える。

資格なんてなくてもいい。誰かが言わないと、沙優が自分にかけた呪いは、きっと解けない。

「きっと、何かが間違って、どうにもならなくて……取り返しのつかない結果になった。それでも……」

逃がさないように沙優の肩を摑んで、彼女の目をしっかりと見て。

「うぅ……」

ひるんだような表情で俺を見る沙優。

俺は、ゆっくりと、言った。

「もう……済んだことなんだ」

その言葉に、沙優は、また涙をこぼしながら、首を横に振る。

「うぅぅ〜〜〜……ッ！」

唸りながら、ぶんぶんと、激しく首を横に振る沙優。

人の〝死〟を、『済んだこと』だと、言う。

それも、その死に、まったくかかわりのない人間がだ。

こんなに傲慢なことがあるだろうかと、自分でも恐ろしくなった。

でも……逆に、関係がない人間でないと、こう言ってやれないとも思った。

そして、彼女が過去と向き合おうとするタイミングが今なのだというのなら、俺がこれを伝えるべきなのも、今この時しかない。

「沙優自身が、沙優のことを許してやれなきゃ……一生ここから動けないんだよ……ッ！」

「でも……！」

まだ首を横に振り続ける沙優を俺は思い切り抱きしめる。

一瞬俺の腕を振り払おうとするように、沙優が全身に力を込めたのがわかった。しかし、すぐに沙優は脱力して、俺の胸に顔をおしつけた。

「もう……いいんだ、沙優」

「うぅ……」

「笑ってて……って、言われたんだろ」

「うぅ……うぅぅぅぅ」

沙優は、俺の胸の中で、唸るように泣き出した。

そしてすぐにずるずるとその場にへたり込んで。

子供のようにわんわんと大泣きした。

俺は、もう一度沙優を抱きしめなおして、彼女が泣き止むまで、ずっとそうしていた。

＊

数十分、沙優を抱きしめていたような気がする。

静かな学校の敷地に、沙優のすんすんと洟をすする音が響いているのを聞きながら、俺は空を見上げていた。

雲が多く、綺麗な星空、とまではいかないが……雲の切れ間からのぞいている月はとても明るく輝いていた。

「……吉田さん」

「うん？」

沙優が数十分ぶりに、泣き声以外の声を発したので、俺は沙優から身体を離して、彼女の顔を見た。

「やだ、顔見ないで……」

「え？」

「多分すごいことになってるから、今……」

確かに、泣いたばかりで真っ赤になっている顔を見られたくはないかと思い、俺はふいと顔を逸らす。

沙優はずず、とまた洟をすすってから。

「……やっぱり、吉田さんがいてくれてよかったよ」

と、言った。

「一人で来てたら……正気じゃいられなかったかも」

沙優のその言葉を聞いて、俺はほっと息を吐いた。

「……なら、一緒に来て良かったよ」

俺がそう答えると、沙優は久々に、くすりと笑った。

「ああ……悪い」

ゆっくりと立ち上がる沙優。

それに続いて、俺も立ち上がった。

しばらく、沙優は屋上に立ったまま、沈黙していた。

そして、フェンスの向こうを見つめるように目を細めてから。

「またね……結子」

と、呟いた。

その言葉は、静かに屋上の上に転がって、そして、風と一緒にどこかへ飛んでいくようだった。

「……戻ろっか」

沙優はそう言って、踵を返す。

そのどこかすっきりとした表情を見て、俺も、少しだけ胸の中のつかえがとれたような気がした。

「ああ」

と、返して、俺も沙優に続いて屋上の扉へ向かった。

二人で窓を通り抜けて、元通りに閉めなおす。

とんとんと、来た時よりも軽い足取りで階段を下りる沙優。

「もう大丈夫なのか？」

俺が後ろから声をかけると、沙優は振り向いて。

そして、苦笑しながら首を横に振った。

「全然」

「そうだよな……」

そんなに簡単に肩の荷を下ろして、すべてを忘れられるというのなら、沙優はここまで苦しんではいなかっただろう。

時間だけが解決することというのも、きっとあるのだ。

「でも……ちゃんと向き合う覚悟はできた」

続けてそう言った沙優の言葉は、静かだったけれど、力強かった。

「たくさん、結子のこと思い出そうって思う」

沙優はそう言って、小さく微笑んだ。

「いつか、結子のこと考えて……笑えるようになるまで」

階段の窓から差し込む月の光が、沙優の半身を照らしていた。

穏やかに微笑む彼女の立ち姿があまりに美しくて、俺ははっと、息を呑んだ。

そして、沙優の言葉の粒が、じわじわと胸の中に染みてくる。

「そうか……」

俺は、また涙が出そうになるのをこらえて、言った。

「早く、そうなるといいな」

こう言いながら。

俺は、もう沙優はこのことにもしっかりと区切りをつけたのだな、と確信していた。

7話 平手打ち

学校を、入った時と同じルートで出て、校門まで戻ると。

「随分遅かったね」

車の前で、一颯が待っていた。

沙優に声をかけた一颯だったが、沙優の真っ赤な目元を見て何かを察したのか、それ以上は何も言わずに車に乗り込んだ。

俺と沙優も、遅れて後部座席に乗り込む。

ふぅ……と息を吐く沙優。

「……大丈夫か？」

俺が訊くと、沙優はゆっくりと頷いた。

「うん。大丈夫」

シートベルトをした一颯が、沙優の方へ振り向いた。

「じゃあ……家に向かっていいね？」

一颯に言われて、沙優は一瞬たじろいだようにごくりと唾を飲んだが。

すぐに深く頷いた。

「うん……お願いします」

「わかった」

一颯も神妙に頷いてから、キーを回し、車のエンジンをかける。

そこからは、誰も口を開かなかった。

沙優のみならず、一颯も、そして俺も、どこか緊張したように押し黙っている。

沙優の母親について、沙優から聞いた話をもとにいろいろと想像してみるものの、沙優に対して当たりが強いということ以外は結局何も分からない。

帰った時に、沙優がどんな言葉を浴びせられることになるのか、考えるほどに恐ろしかった。

しかし、あまりにも沙優が不憫になるような展開になれば、その時は大人として守ってやることができたらいいと思う。

そもそも俺の同席が許されるかどうかも怪しいところだとは思うが……もし、それが許されたなら。

〝部外者〟として、部外者だからこそ言えることを言うのが、きっと俺の役目だ。

相変わらず、俺の沙優に対する立場というのは曖昧だと感じる。

部外者でありつつ、長い間同居した〝深い仲〟であるとも言える。

そんな俺だからこそできることが、きっとあるはずだ。

10分ほど走ったところで、車は閑静な住宅街に入り、そしてほどなくして停車した。

「ここです」

そう言って、一颯は真っ先に車を降りる。

俺も続いて車を降りて、目の前の家を見る。

シックな造りの、白い一軒家だった。

とてつもなく大きいというわけでもないが、小さくもない、2階建ての家。

大企業の社長の買う家としてはこぢんまりとしているように見えるが、それでも四人で住むには十分すぎる大きさだ。

遅れて、沙優がゆっくりと車から降りてきて、そして同じように家を見上げた。

その表情には、明らかに緊張の色が浮かんでいた。

一颯はそんな沙優を見て、優しい声色で声をかける。

「大丈夫か？」

沙優は何度か唾をのみ込むように喉を動かして。

「うん……」

と、弱々しく頷いた。

どう見ても大丈夫ではなさそうだったが、もう今さら、引き返すこともできないのだ。

俺は沙優の肩を、ポンと叩いてやる。

「大丈夫。俺も、お兄さんもついてるだろ」

俺が言うと、沙優はようやく少しだけ微笑んだ。

「うん、ありがと」

そう言って、沙優は意を決したように、一歩踏み出した。

それを見た一颯は沙優よりも先にずんずんと家の扉まで歩いてゆく。

そして、一颯がおもむろに、扉に鍵を差し込み、ガチャリと開けた。

一颯と沙優が先に家に入り、俺もドアを押さえてその場に立った。さすがに家主の許可なく家の中に入るのは良くないと思ったのだ。

「母さん！　帰ったよ！」

一颯が大きな声で母親を呼ぶ。

沙優が無意識に、一颯の背中に半身を隠すように移動するのが、後ろからだと見えた。

すぐに、家の奥からドタドタと足音が聞こえてきて。

そして、玄関に母親が現れた。

「母さん、沙優を連れて――」

一颯がそう言っているのを聞く間もなく、母親はスリッパを履いたままずんずんとたたきまで降りてきて……。

そして次の瞬間。

ばちん！　と乾いた音が玄関に響き渡った。

母親が、沙優に平手打ちしたのだ。

一颯も俺も、呆気に取られてしまう。

そして、爆発したように母親が叫んだ。

「あんた一体どこに行ってたのッ!!」

叫ぶようにそう言って、母親は沙優に摑みかかった。

「あんたのせいでいらない噂が流れて大変だったのよッ！」

開口一番、そんなことを言う沙優の母親に、俺はただただ呆然としてしまう。

沙優も、ひるんだように何も言えずにいた。

放っておいたら食い殺してしまうのではないかという勢いの母親を見て、俺と同じく呆然としていた一颯もやるべきことを思い出したかのように動き出す。

すっと母親と沙優の間に入って、一颯が言った。

「母さん！　お客様もいるから、そのへんで」

一颯のその言葉で、母親もはっとしたような表情になり、それから、ようやく俺の存在に気付き、ぎょっとしたような顔をした。

軽く会釈をしたのちに、不審そうな顔をして。

「で、どちら様？」

俺に直接問うのではなく、一颯に視線をやりながらそう言う母親。

「沙優を長いこと保護してくれていた、吉田さん。僕が無理言って連れてきたんだ」

一颯がそう説明したが、実際に俺がここに来た経緯とは違った内容だったので驚いた。

しかしきっと、これは彼なりに気を回してくれた結果のことなのだろうとすぐに分かる。

俺がついてきてしまった、と言うよりは、一颯がついてくるように言った、という方がすんなりと話を聞いてもらえそうではあるからだ。

一颯の説明を受けて、沙優の母親はじとりとした視線を俺に向ける。

「ふうん、〝保護〟……ね」

明らかに裏に意図を感じる言葉だったが、俺も、そういう言葉を投げかけられる覚悟はできていたので、落ち着いて頭を下げる。

「吉田です」

数秒、俺をじっと見てから、母親は小さく息を吐いて、頷いた。

「どうぞ、入って」

それだけ言って、さっさと居間へ引っ込んでいく母親。

一颯は少し安心したように、ふう、とため息をついて。

「どうぞ吉田さん。上がってください」

「お邪魔します……」

家へ上がる許可が下りて、俺はようやく玄関へ入り、扉を閉めた。

俺たちを誘うように、真っ先に靴を脱いで家に上がる一颯だったが、沙優は未だに玄関のたたきに立ちすくんだままだった。

「沙優、大丈夫か？」

黙って佇んでいる沙優に俺が声をかけるが、沙優は一点を見つめたまま、無機質に頷いた。

「うん」

その眼には、悲しみとも怒りともつかない、強烈な感情が浮かんでいるのが分かった。

今まで見たことのない沙優のその表情に、俺は一瞬たじろいでしまう。

しかし、すぐに、思い出す。

俺は、彼女の背中を押すためにここまで来たのだった。

「行こう」

沙優の背中を優しく撫でて、俺が言う。

すると、沙優もはっとしたように息を呑んで、そして、少しだけ先ほどまでよりも柔らかい表情になった。

「うん」

ぎこちないながらも、少しだけ微笑んで、沙優が頷いた。

一颯の後に続いて、俺も、沙優も、緊張しながら、居間へと入っていった。

8話
糾弾

「どうぞ」

「ありがとうございます」

三人が居間のテーブルについたのを後ろから見ていると、一颯が俺の方を見て、空いたもう一つの椅子を指さした。

頭を下げてから、俺はそこにゆっくりと腰掛ける。

母親は、俺にも一颯にも目をくれずに、射貫くように沙優を睨んでいる。

一颯が四人分の水をコップに汲んで用意してくれるが、その間全員が無言であった。

とても、俺から口を開ける空気ではない。

「で、結局あなたは何がしたかったわけ」

最初に口を開いたのは、沙優の母だった。

沙優を睨みつけるその顔は、とうてい親が子供に向けるような表情には見えない。

「これだけ長期間家出して、家族に迷惑かけて……。家にいた時だって、迷惑かけられっぱなしだったのに……」

母親は溜まりに溜まった不満を吐き出すように、沙優に言葉を投げつける。

「こんなふうに、よそ様にまで迷惑をかけて。本当に何がしたいか分からない」

沙優の母は、俺を顎で指しながらそう言った。

そこまで黙って話を聞いていた沙優が、喉の奥から絞り出すような声で、言う。

「……くせに」

「なんですって？」

「分かろうともしてないくせに」

その声に明確に含まれた〝怒気〟に、俺は驚いて、隣に座る沙優を横目に見た。

彼女の瞳は、声に違わぬ、怒りに揺れていた。

彼女が謝罪よりも先に口答えをしたのが気に障ったようで、母親の眉もつり上がる。

一颯は母親の隣で、明らかに「まずい」という表情を浮かべたものの、何も言わずに状況を見守っている。

「分からないわよ。あなたが考えてることなんて。だっていつも何も言わないものね」

母親がそう言うと、隣の沙優はさらに怒りを強めたような気がした。表情を見なくてもそれが伝わってくるところに、妙な緊張感が走る。

「私が出て行った日、母さんが私になんて言ったか、覚えてる？」

沙優が震える声で、そう言った。

母親は、数秒黙り込んで、考える素振りを見せた。

しかし、すぐに顔を上げて、あっさりと、言う。

「……なんだったかしらね。覚えていないわ」

俺は愕然としてしまった。向かいに座る一颯も、ゆっくりと鼻から息を吐く。それは、明らかに〝遺憾の意〟を示しているように見えた。

沙優から話を聞いただけの俺や一颯でも、母から沙優が言われたという言葉は覚えているのだ。

彼女の心を、逃げ出したくなるほどに傷つけた言葉を投げたというのに、当の本人はそれを忘れてしまったというのだ。

視界の端の沙優は、震えていた。

横目で見ると……怒りからか、悲しみからか、その瞳にはついに涙が浮かんでいた。

「ほら、やっぱり……母さんは私のことなんてどうでもいいんじゃん。分かろうとする努力すらしてくれないじゃん」

「帰ってくるなり私に文句を言うわけね。家出も、家族を困らせて憂さ晴らし？」

「違うッ！」

沙優は叫びながら、椅子から勢いよく立ち上がった。

突然の感情の発露に、沙優の母はびくりと肩を震わせて、一瞬ひるんだような表情になったが、すぐにキッと眉をつり上げ、沙優を睨みつけた。

「私は……私はただ、母さんから逃げ出したかっただけ！」

はっきりと、沙優はそう言った。

その言葉に、俺は内心、たいそう驚いた。

以前の沙優であれば、きっとこんなことを、こんなストレートな言葉で伝えようとはしなかっただろう。

沙優は、明確に、怒っていた。

それは、相手を打ちのめさんとする怒りではなく、ただ、理解を求めるための怒りのように感じられた。

自分の正当性も捨て、弱い部分をさらけ出して、それでも、感情を吐露している。

「私のことを分かろうともしてくれない母さんから！　私のたった一人の友達を……わ、私が殺したんじゃないか、とか言う……母さんから……」

最初の勢いに反して、後半の声は小さかった。泣いていたからだ。

沙優がそこまで言うと、母親もようやく思い出したのか、一瞬、はっとしたような表情を浮かべた。

しかし、やはりすぐに険しい表情へと戻り、口を開く。

「逃げてどうなるっていうのよ。子供が一人で外に出たってなんにもできることなんかないでしょうに」

「それは……そうだけど……」

沙優は口ごもるが、俺はひたすらに〝どうしようもなさ〟を感じていた。

それでも、逃げ出すしかなかったんじゃないか。

そして……それを理解しない母親だったからこそ、余計に、沙優には〝逃げ出す〟という選択肢しか残らなかったのだ。

だから、この話は……平行線だ。

口ごもる沙優を見て、それを好機と考えたのか、母親の言葉にも勢いがつく。

「挙げ句の果てに、こんなどこの誰とも分からない男の家で世話になって、おまけにここにまで連れてくるっていうのはどういうことなの？　どれだけ私に恥をかかせるつもりなのよ」

「吉田さんは、私のためについてきてくれたんだよ」

「あなたのため？　よその家庭の事情に首を突っ込んでいるだけでしょう」

「母さん、失礼だよ」

「一颯は黙っていて」

一颯が口を挟むも、ヒートアップし始めた沙優の母親は聞く耳を持たない。

「大体〝保護〟って何よ。よその家庭の女子を家に連れ込むなんて、ただの犯罪行為でしょう」

「母さん、それは」

「あなたは黙っていてって言ってるでしょッ！」

母親の怒りの矛先は今度は俺の方へ向いた。一颯の制止も聞かずに、俺を睨みつけてくる。

しかし、それは覚悟していたことだったし、当然のことでもあるのだ。

俺は、姿勢を正して、沙優の母親と目を合わせた。

「仰るとおりです。俺も、もちろん犯罪行為だと理解した上で、沙優を家に置いていました」

「自覚していればいいってものじゃないのよ。犯罪者じゃない。どうして、〝こんな人〟を連れてきたのよ」

「それは、沙優が――」

俺は経緯を説明しようと口を開く。

が、それを遮るように、隣の沙優がバン！　とテーブルを叩いた。

驚いて、俺は何を言おうとしていたのか忘れてしまう。

沙優の両手が、ふるふると震えていた。

「いつもいつも……」

沙優は、喉の奥から低い声を押し出すように呟いた。

そして。

「いつもいつもッ!!　私の大切な人を蔑ろにしてッ！　話も聞かないで罵倒してッ！」

爆発するように大声を上げる沙優。

今まで見たこともない激昂を見せる沙優に、他の三人は皆圧倒されてしまう。

「そういうところが嫌いなのッ！！！」

沙優が絶叫に近い声でそう言い放つと、部屋の空気がびりびりと震えた。

母が二の句を継げなくなっている間に、沙優は怒りのこもった静かな声で言葉を続ける。

「吉田さんは……〝家族〟みたいに、私のこと大切にしてくれたよ。母さんとは違って……ちゃんと、一人の人間として見てくれた」

沙優のその言葉に、母親の顔にみるみる怒りが浮かび上がるのが分かった。

「なによそれ……私の苦労も知らないで……ッ！」

沙優の母は、何度も、ドン、ドン、とテーブルを叩きながら、言った。

「あなたのせいで、私がどれだけのものを失ってきたかも知らないくせに……ッ！」

一颯から、沙優の母親の境遇も聞いていた。だからこそ、彼女の言葉の奥に潜む悲しみについては、同情してしまう。

本当に、沙優と、その母の〝どうしようもない〟関係に、悲しくなる。

しかし。

母親の次の言葉で、俺は思考能力を奪い取られた。

「本当に……あなたなんて産むんじゃなかった」

しん、と室内が静かになった。

母親の言葉に、その場の全員が、愕然とした表情になるのが分かった。

一颯は、初めて、明確に怒りの表情を浮かべた。

沙優も、俺の隣で、スッと息を吸い込んだ。

俺は……。

目の前にあった、水の入ったコップをガッと摑む。

そして、その中身を……沙優の母に向かってぶちまける。

……そんなビジョンが脳内に浮かんだ。

しかし、それを実行しようとした瞬間、強烈(きょうれつ)な自制心が働いた。

違う。俺が今すべきは、それではない。

そんなことをしたら、この後冷静に話し合うことなど、絶対にできないのだ。

俺は立ち上がって、思い切り摑んでしまったコップを、口元に運ぶ。

そして、ごくごくとその中身を飲み干した。

水が喉を通ってゆくたび、身体(からだ)が少しずつ冷えて、それと同時に、心も少しずつ冷却(れいきゃく)されて、落ち着きを取り戻していくのを感じる。

全員の視線が、俺に集まっているのが分かった。

ゴン！　と豪快(ごうかい)にコップをテーブルの上に置いて。

「……いい加減にしてください」

そう、言った。

9話　親

胸の中には、不思議な感覚が渦巻いていた。

反射的に、沙優の母親に水をかけそうになり、それをなんとかこらえたところから……

俺の身体の中には同時に『二つ』の感情が混在しているような気がする。

静かに沸き立つような怒りが腹の奥に燃えている。けれど、それを上から押しつぶすように『冷静であれ』という落ち着きが、感情全体をコーティングしているような感覚。

俺は明確に怒っている。でも、落ち着いている。

そんな不思議な感覚のまま、ゆっくりと、言葉が出力される。

「親が子供を選べないなら、同じように、子供だって親を選べない」

怒りからか、あるいは、怒りを抑えようとする理性からか、俺の声は低く震えた。

生まれてくることに自由意志などない。

父親と母親が結びついて、子供の意思など関係なく、子供は生まれてくる。

だが、その生に対する責任は、子供自身が負うべきなのだろうか。

否だと、俺は思う。

自分の命に対する責任。本当の意味で、そんなものの実感を得るのは、誰だって大人になってからだ。

断じて、まだ精神も成熟しきっていない子供が一人で背負いきれるようなものではないと思った。

どれだけ愛されなくても、どれだけ不遇の環境であっても……子供は生きなければならない。

だというのに、子供は、一人で生きてゆくすべを知らない。

それを知らぬまま、沙優は、足掻いて足掻いて……そして傷つき続けた。

「どうあっても、沙優の親はあなたしか……いないんです」

胸の中の、憤りとも、悲しみとも分からない感情を抑えながら、声を絞り出す。

「子供は……親に保護されずに一人で生きていく方法を知らない」

俺は、上手に自分の言いたいことを言語化できている自信がなかった。

怒りが、そして悲しみが、俺の思考能力を奪っている。

でも、言葉だけは、あふれ出すように口から転がってゆく。

そして、沙優の母も、目を大きく開いたまま、俺の言葉を聞いていた。

「そんなふうに沙優のことを蔑ろにするなら……か、代わりに俺がもらってやりたいくらいです。俺が……俺が、こいつのことを育ててやりたい、そう思います」

俺が言うと、沙優の母は眉をひそめ、隣の沙優はハッと小さく息を吸った。

これも、俺の本心だ。

今は、本心以外の言葉が浮かんでこない。

「でも……」

は、と息が漏れる。

喉の奥が熱い。

俺は、ひとりでに首を横に振った。

「でも、それはできない。……それじゃあ、道理が違っているんです」

俺は、はっきりとそう言う。

俺は、沙優の父親にはなれない。

「俺にはその責任がないんです。責任がないから……資格がない」

沙優に何かあったとき、それを助けるのも、責任を取るのも……すべて、血縁者の役割なのだ。

責任が生じているからこそ、同時に義務が生まれて……その行動に、重みが伴う。

俺の手元には、そのすべてが、ない。

愛だけでは……肝心なときに、本当の意味で〝守って〟やることができない。

俺は、ゆっくりと椅子を引いて。

そして、沙優の母親から見える位置に移動して、沙優を育てる資格のある人間は……いないんだ……ッ！　だから……ッ！」

頭を垂れる。

そして、額を……床に擦りつけた。

これは……魂からの、懇願だから。

「どうか……」

身体が震えて、喉から漏れる息は、燃えるように熱かった。

「どうか、沙優が一人で立てるようになるまで……育ててやってください」

俺が土下座をしながらそう言うと、明らかに他の三人が狼狽するのが、頭を下げたままでも分かった。

「吉田さん、そんな……」

「どうして、よその男が、こんな……」

困惑した声色で、沙優と、そして母親の声が聞こえてくる。

「どうか、どうかお願いします！」

頭を下げたまま、俺はもう一度声を上げた。

すると、すぐに、ガタリと椅子から立ち上がる音が聞こえて。

「僕からも、お願いします、母さん……！」

「一颯まで……！」

一颯も、母親の目の前で土下座をしていた。

俺の隣で明らかにおろおろとする沙優。

そして、俺がゆっくりと顔を上げた頃には、沙優の母親は顔面蒼白になっていた。

「な、何よ……なんなのよ……」

母親はうわごとのように小さく呟いている。

だんだんと息が浅くなり、それから……ガタリ、と椅子から立ち上がった。

「出て行って……出て行ってよッ！」

混乱から来るヒステリック、というような様子で、母親が叫ぶ。

一颯は「まずい」という表情を浮かべて、すぐに立ち上がった。

母の背中をさすりながら「大丈夫、大丈夫」と言い、母を座らせた。

「なんなの……なんなのよ……」

小さく呟き続ける母。

一颯はさっとこちらへやってきて。

「すみません、一旦出ていただけますか」

小さい声で俺にささやいた。

俺もこくりと頷いて、立ち上がる。

「沙優も、一旦出ようか」

「う、うん……」

母親を横目に見ながら、沙優は一颯の言うとおりに居間を出る。

俺も続いて居間を出ると、一颯は居間の扉を閉めて、俺と沙優を順番に見た。

「後のことは僕に任せて。沙優と吉田さんは、一旦外の空気でも吸って、休憩していてください」

それだけ言って、一颯は俺たちを安心させるようににこりと微笑んでから、すぐに居間に戻っていった。

　数秒後には、扉越しに、一颯と母が話している声が少しだけ聞こえてきた。

　ここに立っていては、きっとその内容が聞こえてしまうし、それは一颯の本意ではないだろう。

「……お兄さんの言うとおりにしよう」

「う、うん」

　俺はそう言って、すぐに玄関で靴を履き、外に出た。

　少しだけ遅れて、沙優も家から出てくる。

　外の空気は冷たくて、俺は何かを考えるよりも先に深呼吸をした。

　すう、と喉を冷たい空気が通ると、少しだけ安心する。

　徐々に、身体の中に溜まった熱が冷めていくような感覚がして。

「……ッ」

　身体の力が抜け始めると、今度は、身体が震えだした。

　その震えを生んでいるのは、怒りじゃない。すぐに分かった。

　それを自覚した途端に、じわりと視界が歪んだ。

　俺はたまらず、その場にしゃがみ込んでしまう。

「吉田さん……？」

沙優が後ろから駆け寄ってくる。

隣にしゃがみ込んで、沙優が俺の顔を見た。すぐに顔を逸らそうとしたが……きっと見られてしまった。

沙優が隣で、驚いたように息を吸うのが分かった。

「ど、どうしたの吉田さん……」

俺の丸まった背中に手を置いて、沙優が、困惑したように言う。

「なんで泣いてるの……？」

「……～ッ」

俺は何も言えずに、目尻に溜まった涙を、服の袖で乱暴に拭いた。

今までずっと、沙優の前では涙を見せまいと努力してきた。

でも、今回ばかりは、我慢できそうにない。

次々と涙があふれ出してくる。

胸の中に渦巻いているのは、明確な、〝悲しみ〟だった。

「お、お前から話を聞いて……」

嗚咽をこらえながら、自分の胸の中にまたこみあげてくる〝熱〟を放出するように、言葉にする。

「沙優の母親が……お前のことをどんなふうに扱ってるのか、分かってるつもりでいた……」

俺は、横顔をじっと沙優に見つめられながら、言葉を続けた。

その間も、涙はぼろぼろとこぼれ続ける。止められない。

「でも……『産むんじゃなかった』なんて言葉、実際に聞いたら……俺が思ってるよりずっと……ずっとつらかったんだって分かったよ」

沙優の母親から放たれた言葉。

それは、俺に向けられたものではない。

そう分かっているのに、俺の頭の中には「自分が言われたら」という想像が明確に浮かんでいた。

自分の親から、「お前など産まなければ良かった」と、本気の表情で……子供の頃に言われたなら。

そんな想像をしただけで、胃の奥が冷たくなるようで、同時に、とてつもなく悲しかった。

「耐えられねぇよ……あんな言葉……」

「だ、大丈夫だよ、吉田さん」

「大丈夫じゃねぇよッ!!」

俺が思わず大きな声を上げると、沙優がびくりと肩を揺らした。

きっとぐちゃぐちゃになっている顔で、沙優を見た。

「怒れよ……言い返せよ……ちゃんと……ッ!」

俺がそう言うと、沙優の目が丸く見開かれた。そして、すぐに、じわりとその目尻に涙がたまる。

けれど、彼女は泣き出すわけではなく。

「吉田さん」

にへら、と微笑む沙優。

どうしてここで笑うのだろう、と困惑していると、沙優は微笑んだまま、言葉を続ける。

「私だって、怒ろうとしたよ……でも、吉田さんの方が私より先に怒っちゃうんだもん……」

そう言ってから、沙優は優しい声色で、続ける。

「吉田さん、ありがと……」

「……ッ」

何も言えなくなって、俺はあふれてくる涙を、何度も何度も、シャツの袖で拭き続ける。

玄関の前で、俺はみっともなくぼろぼろと泣き続けた。その間、沙優に背中を撫でられている。

はじめは、沙優に大泣きしているみっともないところを見られたのが悔しい、という感情があったが、だんだんとそれもどうでも良くなる。

そもそも、俺は、ずっと、みっともなかった。

一度そう思うと、取り繕うのも馬鹿馬鹿しくなって、俺は数年ぶりに、涙が涸れるまで泣き続けた。

10話 荻原家

数分か、数十分か。

実際にどれくらいの時間が経ったのかは曖昧だったが、とにかく泣き疲れるまで泣いていた俺と、沙優は、玄関前の石垣に寄りかかりながら座っていた。

沙優の高校に訪れた時よりも、空の雲は晴れていて。

ぼんやりと空を眺めていると、星がよく見えた。

東京にいたとき、沙優に連れて行かれた小高い丘の上の公園で見た星空よりも、さらに明るく、はっきりとした輝きが目の前にある。

「本当に……嫌味なくらいに綺麗だな。星空」

「でしょ」

北海道の星空は綺麗だ、という沙優の言葉を思い出して俺がそう呟くと、沙優は隣で肩を揺らした。

先ほどまで泣いていた影響か、まだ視界はぼんやりと滲んでいて。

そのせいか、いや、そのおかげか。

頭上の星空は万華鏡のように俺の目にまぶしく映った。

しばらくぼんやりと星空を眺めていると、ぽつりと、沙優が口を開く。

「あのさ、吉田さん」

「うん？」

「吉田さんが頭を下げてくれたとき……私、赦された気がした」

「え？」

沙優の方へ視線をやると、彼女も星空を見上げていた。

少し潤んだ瞳に星の光が反射して、きらきらと輝いている。

「今までしてきたこと……間違いだらけだったけど……でも、きっと全部無駄じゃなかったんだって……そう思えた」

沙優はそう言って、俺の手にそっと、自分の手を重ねた。

冷たい外気にさらされて冷えていた俺の手とは対照的に、彼女の手はとても温かい。

沙優はすっと俺の方を向いて、穏やかに微笑む。

「……もう大丈夫」

俺は、はっ、と息を呑んだ。

沙優の言葉、そしてその表情から、俺はどこか、今までにない力強さを感じ取った。

穏やかで、それでいて、揺るがない決意のようなものが、その笑顔の中には宿っていた。

「吉田さんがいなくても……ちゃんと、一人で立てるから」

沙優はそこまで言って。

ぎゅっと、俺の手を握る力を強めた。

「だから……心配しないで」

そう言う沙優の手は、わずかに震えていた。

でも、それを指摘しようとは思わない。

覚悟があっても、勇気が湧いていても……それでも、新たな一歩を踏み出すのは、恐ろしい。

そんなことは、俺にだって分かるのだ。

「ああ」

短く返事をして、俺は沙優の手を握り返した。

「頑張れよ」

それだけ言って、俺はもう一度、星空を見上げる。

手を繋いだまま星空を見ていると、思い出すことがあった。

それは、沙優から聞いた、あさみの言葉だ。

『星空から見たら私たちなんてちっぽけな存在だけど、それでも、一人一人にちゃんと歴史があって、未来もある』

その言葉を沙優から聞いたとき、俺はどこかそれを、他人事のように受け取っていたような気がする。

しかし、思えば。

もう、沙優と俺が出会ってから、随分と時間が経っている。

他人からすれば。世界からすれば。宇宙からすれば……。

大きく考えれば考えるほど、俺たちなど小さな存在だ。けれど。

沙優の歩んできた道は、偶然にも、俺の道と交わり……一つの、小さな歴史になった。

いつか、今この時のことを思い出す日が来るのだろうか。

その頃の沙優は……今よりも、きちんと、大人になっているのだろうか。

そんなことを考えながら星空を見上げていると、時間の感覚も曖昧になって。

ただ、手から伝わってくる沙優の温度だけを感じながら、俺は子供のように、星空を眺め続けていた。

＊

「なんなのよ……もう……」

顔を覆って項垂れる母さんの背を、僕はゆっくりと撫でた。

「母さん……大丈夫、落ち着いて」

母さんの身体は震えていた。

先ほどまで大声で怒鳴っていた彼女も、こうなっては本当に小さく見える。

昔は、こうではなかった。

沙優が笑わなくなったのを見ていたように、僕は、母さんがどんどん笑わなくなっていく様子も、見ていたのだ。

父の前で朗らかに笑う母さんは、子供の頃の僕でも分かるくらいに綺麗な人だった。

沙優が生まれ、少しずつ大きくなるにつれて、ああ、この子は本当に母に似ているなと思ったのを覚えている。

皆が美しい微笑みをたたえて生きてゆけるはずだったのに、父という存在がその歯車を狂わせてしまった。

父親のことなど忘れて、三人で楽しく生きてゆけばいいじゃないか、と何度も思った。けれど、そんなことは口が裂けても言えなかった。

家庭のことについて僕が分かるようになったころには、同時に、母が痛いほど父親を愛していることが分かっていたから。

どうして、愛は双方向でなくとも発生するのだろう。

片側を向いた愛なんて、苦しいだけなのに。

震える母の小さな背を見ながら、僕は、そんな昔のことを思い返していた。

「どうして、よその男に……なんにも知らない奴に、あんなことを言われないといけないのよ……」

弱り切った声で、母さんがそう漏らした。

「母さん……」

僕は、なんと声をかけたものか困ってしまう。

吉田さんは、あくまで、沙優の味方だ。

沙優と、そして母さんの境遇を言葉では知っているものの、その葛藤や苦しみをすべて実感を持って知っているわけではない。

僕は、吉田さんの言葉には正義があると思った。だからこそ、同じように、母さんに頭を下げた。

けれど、母さんの気持ちだって、同じくらいに、分かるのだ。

「分かってる……」

「え？」

小さな声で母さんが呟いた。

「分かってたわよ……そんなこと……」

母さんは、震える声で、絞り出すようにそう言った。

「あの人はもうここにはいなくて、あの子の……さ、沙優の親は……私しかいないってことくらい……私にだって……」

その言葉を聞いて、僕の胸はちくりと痛んだ。

母さんの口から、『現実』が出力された。

彼女は分かっていた。それでも、目を背けたかったのだ。

僕だって、分かっていた。きっと……沙優も、分かっていた。

「でも……じゃあ………」

母さんの身体が再び震え、涙声が部屋に虚しく響く。

「どうすれば良かったのよ………」

涙が出そうになるのを、必死でこらえた。

どうしようもなかったのだ。

沙優の心に傷が残ったように、母さんの心にも大きな傷が残っていた。

その痛みに耐えながら、その傷の一部である我が子を気遣いながら生きてゆく方法を、彼女は知らなかった。

本当に……どうしようもなかった。

「母さん……」

僕は母さんの背を優しくさすりながら、必死に言葉を選ぶ。

「……少しずつ、少しずつでいいんだ。それでも……前を向かないといけない」

「……」

「沙優は……彼と……吉田さんと出会って、少しだけ、前を向いたんだよ」

誰かが言わなければいけなかった。

何かがおかしい。間違っている。

そう、言わないといけなかったのに。

一番それを言える立場であった僕が、それを言うことができなかった。

家族の、むき出しの傷口に触れる勇気が、僕にはなかったのだ。

沙優は、その言葉を、偶然出会った彼から、もらったのだ。

そして、自分の歩んできた道を、震えながら、振り返った。

いつか、誰にでも、自分の人生を振り返る時が来る。

過ちを悔いて、歯を食いしばりながらそれを受け止めなければならない時が、必ず、来る。

僕たち家族にとって、それは、今なのだ。

「母さんも……いや、『僕たち』も………少しずつでいいから、前を向こう。これからのことを……考えようよ」

「…………うう……」

母さんの身体が、再び震えだす。

その小さな背中から、すすり泣く音が、聞こえてくる。

「母さん……」

「一颯……私は……」

「いいんだ、大丈夫……僕がついてる……」

「うう……うぅ……ッ！」

唸るように声を絞り出して泣き始める母さんの背を、僕はひたすら、ゆっくりとさすり続けた。

　母さんが涙を流すたびに、少しずつ彼女の中の重く苦しい感情が流れ出していっているような気がした。

　ひとしきり泣いてから、母さんはぽつりと言った。

「高校を卒業するまでは……うちで面倒を見るわ」

「え？」

「……沙優のことよ。その後は、あの子の好きにさせたらいいじゃない」

　母さんはようやく顔を上げて、僕を見た。

　そして、不器用に、微笑む。

「あなたにも、苦労をかけるわね」

「母さん……ううん、大丈夫だ。苦労だなんて思わない。だって……」

　再び涙が出そうになるのをこらえながら、僕は言った。

「僕だって、母さんの……息子なんだから」

　僕がそう言うと、母さんは目を見開いて僕を見てから、また、その瞳を潤ませて。

「……ええ、そうね」

　とだけ、言った。

「一人にしてほしい」と言った母を居間に置いて、廊下へ出ると、思った以上に緊張していたのか、ため息とともに身体の力が抜けるのを感じた。

なんとかなった。

母さんは、高校卒業まで、沙優の面倒を見ると約束してくれた。

息を深く吐いて、さきほどの光景を思い出す。

『あなたでないとダメなんだ。あなた以外に、沙優を育てる資格のある人間は……いないんだ……ッ！　だから……ッ！』

『どうか、沙優が一人で立てるようになるまで……育ててやってください』

そう言って、土下座をしてみせた吉田さん。

彼には、驚かされてばかりだ。

彼は言った。

自分にはなんの責任もない。だからこそ、沙優を育てる資格がない。

そう言い切った彼。

その通りだ。彼には沙優に対してなんの責任も義務もなく、だからこそ、沙優を好き勝手に利用して、捨てることだってできたはずだった。

実際、沙優はそのようにする男のもとを転々としてきたのだと思う。

だというのに、なぜ彼は。

ただ出会っただけの少女の未来を、親身になって心配できるのだろう。

この気持ちは、疑問でもあり、自己嫌悪でもあった。

僕は、吉田さんよりもずっと沙優にとって近い存在であったはずなのに、何もできなかったからだ。

父から引き継がされた会社を維持することに必死なフリをして、現実から目を逸らし続けた。

仕事が忙しいことを理由に、現状維持を無意識に選択していた。

その結果、沙優は誰にも助けを求められずに、逃げ出すしかなくなってしまったのだ。

本当は、沙優が僕の渡した金を使い切ったのが分かった時点で、無理にでも連れ戻すべきだった。

その段階になっても、僕は「では、沙優の気持ちはどうなるのか」などと、彼女の気持ちを優先するフリをして、仕事を優先したのだ。

ヒビの入った家庭環境に、トドメを刺してしまうかもしれない、という恐怖から、目を逸らしていた。

ただただ、僕の胸の中には無力感だけがあった。

そして、その無力感を沙優に押し付けていた。

いつか、そんな放浪生活では何も変わりはしない、と、自力で気付く時が来るのだ、と。

そんな悠長な考えで、それが正しいことのような顔をして、沙優を放置した。

もし、沙優が吉田さんと出会うことがなかったら。

そんなことを考えたら、ゾッとする。

もし沙優が突然、さらに、ほかの危ないこと……たとえば、強盗や、ドラッグ使用などの犯罪に手を出したとしたら、もっと大変なことになっていたかもしれないのだ。

「一体何をしていたんだ……僕は」

吉田さんのおかげで、沙優は立ち直ることができた。きっと、これからは自分の人生を歩んでゆけるだろう。

でも、今になっても、「吉田さんのおかげで」などと考えている自分に嫌気が差していた。

吉田さんも、おそらく沙優と離れ、元の生活に戻ってゆく。

そうなったら、父親がおらず、母さんの精神も不安定な我が家で、安定して沙優を守ってやれるのは、僕だけなのだ。

「今度は……今度こそは……僕が」

拳を握り締めて、決意する。

ようやく、少しずつ前を向けるようになった沙優と、母さん。

『これからの二人』を、僕が、守ってゆけるように。

＊

しばらく星空を二人で眺めていると、ガチャリと玄関が開き、一颯が中から出てきた。

石垣に寄りかかったまま完全に脱力しきっていた俺と沙優は、どこかぼんやりとした表情で彼を見た。

一颯は何度かぽかんとした様子でまばたきをして俺たちを見て、それから破顔した。

「仲良しですね」

少しからかうような口調のその言葉と、そして彼の視線から。

俺たちは手を繋いだままであったということを思い出して、慌てて手を離す。

その様子を見て、改めて一颯はふふ、と笑った。

そして、沙優の方へ視線を移して、穏やかに言う。

「話、ついたよ」

「……ど、どうなったの？」

沙優が緊張の面持ちでそう訊ねると、一颯は二度ほど、首を縦に振ってから、言った。

「ひとまず、高校を卒業するまでは実家にいなさい」

そう言ってから、一颯は沙優に近づいて、優しく、ポンと彼女の頭を撫でた。

「母さんは、問題さえ起こさないのであれば口うるさく言うのはやめるそうだ」

一颯の言葉に、沙優は一瞬目を見開いて、驚いたような表情を浮かべる。

しかし、すぐにその表情は曇り、眉を寄せて沙優は首を傾げた。

「でも……そんなの……」

「もちろん、口約束だ。その通りになるかは分からない。でも……」

そこまで言って、一颯はちらりと俺の方を見た。

そして、柔らかく微笑んだ。

「吉田さんの言葉に、母も、どこか思うところがあったみたいですよ」

一颯はもう一度、沙優の頭の上に置いた手を、優しく揺らした。それに合わせて、沙優の頭頂部の髪がくしゃくしゃと乱れた。

「それに、沙優だって少し大人になって帰ってきたわけだし。そろそろ、親子で上手くやる方法を考えてみるのもいいかもしれない。もちろん……僕も手助けする」

「……うん。そうだよね」

沙優は神妙な表情で頷いた。

「すぐに、母さんとの関係が良くなるとは思えないけど……でも、『良くしよう』と頑張ることはできるもんね」

沙優はそう言ってから、「今までは、ずっと諦めちゃってたから……」と、小声で付け足した。

母親との対話は、俺がヒートアップしてしまったこともあり、とうてい円満とは言えない終わり方をしたように見えた。

けれど、沙優の中で、『母親ともう一度話す』という大きな一歩を終えたことで精神的な余裕ができたのではないかと思った。

一颯の言うように、きっと、沙優は長い旅の中で、前より少しだけ〝大人〟になったのかもしれない。

考え方の合わない人間と対立して終わるのではなく、価値観を擦り合わせてみようと努力するのは、大人であっても、なかなかできることではないのだ。

沙優の中にそういった前向きな感情が生まれているのは、間違いなく、素晴らしい変化であるはずだ。

沙優を横目に見ながら、俺はふと浮かんだ疑問を口にする。

「で、高校卒業までは……って言ってましたけど、その後は？」

俺が訊くと、一颯はその質問は想定していた、というように頷いて。

「それは、沙優が決めればいいと思います。まだ家にいたいと思えるのならばそうすればいいだろうし、家を出たいと思うのであれば、僕が手伝えることも多いでしょう」

一颯はそう言ってから、もう一度沙優を見た。

「高校を卒業してしまえば子供なんてものは、あとはそれぞれで大人になるだけだ。そこからはもう自由にしたらいい」

沙優の頭を撫でる一颯。その目には、家族へ向ける慈愛が浮かんでいるように見えた。

「自由のための障害が『お金』なんだとしたら、そこだけは、沙優が自分で十分に稼げるようになるまでは僕が手伝うことはできるからね」

やはり、一颯はとても良い兄だ、と思った。

仮にこの兄がいつでも家にいて、いつでも沙優の様子を見てやれる状況であったならば、沙優の精神状態ももう少しマシであったのではないかと思う。

ただ、そうはならなかったのだ。そうはならなかったが故に、沙優の旅は始まった。

「ひとまず……ヒヤッとはしましたが、一件落着と言って良いでしょう」

一颯は深く息を吐いてから、そう言った。

それから、俺をじっと見て、突然、深々と頭を下げたのだった。

「吉田さんのおかげです」

「いや、そんな……！」

俺は慌てて、手を横に振った。

今回俺は、言いたいことを言っただけだった。その後どういうふうに話が展開するかなんてことを考えもせずに、感情的に……。

「大人として、みっともなかったと思います」

俺が自分の行動や言動を思い返してそう言うと、一颯はおもむろにかぶりを振った。

「そんなことはありません。吉田さんが土下座までしてくれたから、母さんを落ち着かせられたんです」

一颯はそう言ってから、どこか自嘲的な笑みを浮かべる。

「むしろ、少し悔しい気持ちです」

「悔しい？」

「ええ……親族である僕ですら、沙優のために、母さんに土下座をしたことなんかない」

一颯はどこか遠くを見るように目を細めてから、改めて俺を見た。

「だというのに、あなたはいとも容易く、本心から、そういうことをしてしまう……」

一颯はそこまで言って、肩をすくめた。

「かないませんよ……本当に」

俺は、その言葉に対して、なんと答えて良いか分からずに、少しどぎまぎとしながら沙優の方へ視線を動かした。

すると、沙優と目が合う。

彼女は、にこりと微笑んで、言った。

「ほんとに、ありがと」

「……ああ」

沙優からまっすぐにそう言われて、俺はなんとも、胸の奥があたたかくなるような気持ちになった。

俺の行動は、無駄ではなかったのかも知れない。

そう思うと、一緒に来て良かったと思えた。

「もう時間も遅いですから、今日は泊まっていってください。客間を貸しますので」

一颯はそう言って、つかつかと玄関の扉の前まで歩いて行った。

「まだ秋ですが、北海道の夜は冷えるでしょう。風邪をひかぬうちに、どうぞ」

扉を開けて待つ一颯。

俺は少しの逡巡の末、口を開く。

「あの……もう一度、沙優のお母さんと話す時間をとってもらっても……構いませんか」

俺がそう言うと、一颯は真剣な表情になり、悩む素振りを見せた。

それもそうだ。俺の行動のせいで、沙優の母親は明らかに混乱した様子だった。

せっかく一颯が母をなだめてくれたのに、俺がまた話しに行っては、また彼女の感情を乱してしまう可能性がある。

けれど。

俺は、大人のフリをして、子供のように、言いたいことを言っただけだった。

自分のしたことのけじめもつけていなければ、それについて、彼女から許しを得たわけでもない。

責められるべきところは責められなければならないし、責任を求められるのであればそれを受ける義務がある。

大人として、大人の話をすべきだと、思うのだ。

少しの間を空けて、一颯はゆっくりと頷いた。

「分かりました。僕も同席して良いのであれば」

「もちろんです。ありがとうございます」

俺が二つ返事で頷くと、一颯もほっと安心したように息を吐いて、もう一度手招きして俺と沙優を家の中へと導いた。

「わ、私は……」

靴を脱ぎながら、沙優は少し緊張した様子で口を開いた。

「沙優もいるとまたややこしくなるかもしれない。少し待っててくれないか」

「う、うん」

俺の言葉に、沙優は一瞬どこか安心したような表情を浮かべ、そして、それを隠すように真顔になった。

一度外の空気を吸って落ち着いたとはいえ、またすぐに母親と顔を合わせるのは緊張するだろう。

別に隠すことでもないだろうとは思うものの、沙優はやはり律儀な性格なので、自分の

〝甘い部分〟は見せまいとしているように見えた。

「では……吉田さん」

「はい」

玄関に沙優を置いて、俺は一颯に続いて居間へと入る。

先ほどと同じ席に座っている沙優の母親と目が合った。

彼女はすぐに俺から目を逸らして、説明を求めるように一颯の方を見る。

「なに」

「吉田さんが、母さんともう一度話がしたいって」

一颯の言葉を聞いて、再び、沙優の母親は俺を見た。

睨みつけるように目を細めて、言う。

「なに」

同じ言葉。しかし、一颯に向けたものよりも明らかに険が増していた。

「私は、あなたと話す事なんてないわよ」

「先ほどは、大変失礼いたしました。我を忘れて、言いたいことを好き勝手に……」

「何を今さら。他人の家に上がり込んでる時点で、失礼も何もないでしょう」

沙優の母は、完全に取り付くしまのない様子だった。

　こちらの言葉など聞きたくもないという様子で、虫を払うように手を横に振る母親。

　そして、じっと俺を睨み付けた後に、ため息をついた。

「あなた……本当に沙優に手を出してないわけ」

「誓って、そのようなことはしていません」

　俺が一切の間を空けずにそう答えると、彼女はなんとも言いがたい表情のまま、数秒押し黙った。

　そして、少し戸惑うように声を震わせながら、言う。

「じゃあどうして……あの子のために、そこまでするのよ」

　その問いには、俺が思う以上に、沙優の母の様々な心情が絡んでいるような気がした。

　以前、一颯にも同じようなことを訊かれたことを思い出す。

　あの時は、結局、「沙優が可愛かったから泊めてしまったのかもしれない」と、答えた。

　しかし、それを今、沙優の母親に対して言うのはどう考えても場違いだ。なんでも素直に言えば良いというものではない。

　それに……今は、彼女の問いに対する答えとして、自然に……別の答えが浮かんだ。

　それも、俺の心からの答えであると、すぐに分かった。

俺はゆっくりと、言う。

「ただ……あの日、あの時に、あいつと出会ったからです。……それだけです」

俺の言葉に、隣の一颯が「はっ」と息を吸い込んだのが聞こえた。

母親の瞳が揺れる。

数秒間俺の目をじっと見つめた後に、彼女は深くため息をついた。

そして。

「……そう」

とだけ、答えた。

相変わらず、素っ気ない返答。

しかし、先ほどまでの俺に対する〝敵意〟のようなものは少しだけ減っているように感じたのは、俺の思い違いだろうか。

「あの、沙優のこと……」

「あの子の今後は」

俺の言葉を遮って、沙優の母が言った。

「私と、そしてあの子で……話し合って、考えるわよ。だからあなたは」

沙優の母はそこまで言ってから、先ほどまでより少しだけ穏(おだ)やかに。

「明日(あした)になったら東京に帰ってちょうだいね」

とだけ、言った。

「……はい。そうさせていただきます」

俺はそう答えて、頭を深々と下げる。

話は終わった、という様子の母親を見て、一颯は俺に目配せをした。

「吉田さん」

「はい」

一颯に導かれて、俺は居間を出る。

言いたいことをすべて伝えられたわけではなかったが……相手にこれ以上話す気がないなら、食い下がっても無駄だと思った。

それに……先ほどの母親の言葉を思い出す。

『私と、そしてあの子で』

と、彼女は言った。

自分だけでなく、沙優と話し合って、今後を決める。

それは、彼女の中では大きな譲歩、そして変化なのではないか。

きっと、今後は、沙優と、そして母親の二人で努力して、なんとか生活を続けていけるような気がした。

「あ、吉田さん……」

「沙優？」

居間を出ると、廊下に沙優が立っていた。

そのどこか落ち着かない様子に疑問を覚えて首を傾げるが、沙優は少し瞳を揺らして俺を見てから。

「行ってくる」

それだけ行って、俺たちと入れ替わるように居間へと入っていった。

一颯は一瞬心配そうに沙優の背中を見ていたが、すぐににこりと笑って、俺に視線を戻した。

「客間へ案内しますよ」

「あの、沙優は……」

「親子二人だけで話したいことも、あるでしょう……きっと」

一颯が穏やかにそう言うので、俺もそれ以上何も言えずに、一颯に続いて、２階への階段に向かった。

*

吉田さんたちと入れ替わりに、居間へ入る。

心臓は早鐘を打っていて、呼吸は少しだけ浅くなっているのが分かった。

椅子に座ってうつむいていた母さんは、ゆっくりと顔を上げて、私を見た。

「今度は何よ……」

少し疲れた様子で、母さんが言う。

正直、私ももう今日は疲れていた。

誰とも話さずに眠ってしまいたい、という気持ちがあるけれど。

きっと、そうしてしまったら、今しか伝えられない大事な言葉が、失われてしまうと思ったんだ。

『今しか会えない人がいて、今しかできないことがあるよ』

ユズハさんの言葉が頭に思い返される。

母さんのことは、今でも好きにはなれない。

でも、ちゃんと、通さなきゃいけない筋はあるはずだから。

私は、スカートの裾を軽くはたいて、それを揃える。

そして、そのままかがんで、床に正座した。

背筋を伸ばして、ゆっくりと、頭を下げる。

「迷惑をかけて、ごめんなさい」

私がそう言うと、母さんが驚いたように、息を吸う音が聞こえた。

頭を上げて、母さんをじっと見据える。

「正直に言って……母さんには、長年溜まった不満があります。だから……家を出ました」

自分の声が震えているのが分かる。

でも、勇気を持って、言わないとダメだ！　と、心の中の私が叫ぶ。

お互いに、「相手が悪いから」と言って、自分の行いを省みなかったら、本当に、一生その考えは平行線のまま終わってしまうから。

「でも、その結果、母さんにも兄さんにも……そして他人にも迷惑をかけました。それは事実です。だから……」

自分の非を認めて、その上で、ゆっくり話し合う必要があると思った。

「だから、ごめんなさい」

目を逸らさずに私がそう言うと。

母さんは、どこか怯えたような様子で目を見開いて、私を見た。

そして、ふるふると、首を横に振った。

「私は……謝らないわよ。謝らない」

母さんはそう言って、視線を床に落とした。

その瞳には、途方もない悲しみが浮かんでいるように見えた。

「だって……だって、どこからが間違いなのか……分からないもの」

その言葉に、私も胸が痛むのを感じた。

母さんの言葉には、きっと、私の知らない〝歴史〟が詰まっている。

私は……母さんがどうして、私にだけ当たりが強かったのか、その理由を、なんとなく分かっている。

私が生きていることと、このうちに父さんがいないことは、きっと密接に関係していることなんだ。

母さんも、兄さんも……はっきりと口にしたことはないけれど、私にだってそれくらいは分かってた。

私が何も言えずにいると、母さんがぽつりと呟いた。

「……でも、あの男に言われて……はっとした」

あの男、というのはもちろん、吉田さんのことだろう。

私は黙って、母さんの言葉の続きを待った。

母さんは言葉に迷うように視線をうろうろと床の上で動かしてから。

ゆっくりと視線を上げて、不安げに私を見ながら、言った。

「あなたの親は……私しかいないんだものね」

その声は、今まで聞いた母さんのどの声よりも優しいもので。

私はたちどころに、涙目になってしまった。

「…………うん……！」

頷くことしかできない私。

私のそんな様子を見て、母さんはなんとも言えない表情を浮かべながら、放り投げるように言葉を続けた。

「高校卒業までは、ここで頑張りなさい。あなた、確実に留年よ」

「……うん」

「その後のことは……好きにしなさい」

「……ありがとう」

シンプルなやりとりで、会話は終了して。

これ以上上手に話せる気がしなかった私は、ゆっくりと居間を出た。

居間を出て、扉を閉めて。

「……はっ」

私は息を吐いて、廊下の壁に体重をかけて、ずるずるとそのままその場にしゃがみ込んだ。さっき散々吉田さんと外で泣いたはずだったのに、またぼろぼろと涙が出てくる。

緊張が解けた、とか。

やるべきことをやれた、とか。

今こぼれている涙には、いろんな理由があるのが、自分でも分かった。

でも、何より。

嬉しかった。

少しだけだったけれど、生まれて初めて……母さんと、同じ温度感で落ち着いて話ができたっていうそれだけで……。

自分でも驚くくらいに嬉しくて。

私はそのまま数分、声を殺して泣き続けた。

11話　最後の夜

客間と寝間着を貸してもらい……しかも、風呂まで使わせてもらった。

一颯からの許可があったとはいえ、他人の家庭に押しかけた形となってしまったのに、ここまでしてもらって良かったのだろうか……。

少し落ち着かない気持ちで、客間に敷かれた布団の上に胡座をかき、ぼーっとする。

ぼんやりとしていると、煙草を吸いたい気持ちがむくむくと湧いてくるが、さすがに我慢だ。

……煙草を吸いたい、という〝余計な気持ち〟が湧く程度には、落ち着いた。

一颯が先ほど口にしたように、おそらく本当に、〝ひとまず一件落着した〟という感覚が、俺の中にも湧いてきている。

きっと沙優はもう、この実家で、高校卒業までやっていけるだろう。

何か困ることもあるかもしれないが、そのときはきっと一颯が助けてくれる。

そう思えば、もう、安心だ。

「……そうか」

一人呟いて、俺は何度も何度も、頷いた。

俺の役目は……もう完全に終わったのだ。

そう思うと、〝安心だ〟と思うのと同時に、自分の中に、無視しきれない〝寂しさ〟が湧き上がっているのが分かった。

明日俺が、東京に戻れば、もう今後沙優と会うことはない。

「……元に戻るだけだろ」

そう呟いて、俺はため息一つ、布団に潜り込む。

余計なことは考えずに寝てしまった方がいい。

頭はまだ冴えている感覚があるけれど、身体は確実に長旅で疲れているのが分かる。

目を瞑って、他人の家の匂いがする掛け布団に少しばかりの落ち着かなさを覚えながら、ゆっくりと呼吸した。

しかし、眠ろう眠ろう、と思えば思うほど思考は冴えてきてしまうもので、なかなか入眠できない。

壁にかかった時計の針の音が妙に大きく聞こえることに苛立ち、何度も何度も寝返りを打つ。

そんなふうに落ち着かない夜を過ごしていると。

かちゃ、と小さな音が聞こえた。

音が鳴ったのは客間の扉の方だった。

明らかに、音を殺して、部屋の中に誰かが入ってきている。

しかし、よその家なので、すぐに起き上がって相手の顔を見るという行動もとれず……

俺はひとまず狸寝入りを決め込むことにした。

目を閉じたまま、部屋の中に入ってきた人物の気配に集中する。

すると、扉から入ってきた人物はそろりそろりと俺の寝ている布団に近づいて……そして、もぞもぞと布団に入り込んできた。

さすがに、その行動から、それが誰なのかは消去法で分かってしまう。

「何してんだ、沙優」

俺が寝返りを打ちながらそう言うと、布団に潜り込んできた沙優が「えへへ」と笑った。

思ったより彼女の顔が近くにあり、一瞬どきりとするが、俺は動揺していないふりをした。沙優は甘えるように俺に身を寄せて、にへらと笑う。

「今日で最後だし……一緒に寝ようかなと思って」

「お前それ俺ん家でも言ってただろ」

「固いこと言わずにさ。ほんとのほんとに最後なんだよ？」

沙優のその言葉に、俺は再び、胸が痛むのを感じた。

しかし、努めて、その感情を身体の奥底へとしまい込む。

「まあ……いいけどよ」

ぶっきらぼうに答えて、俺は沙優の寝るスペースを確保するために、布団の端へと移動した。

一人用の布団に二人で入るのは、少し手狭だ。

「吉田さん、あっち向いて」

「お？　おう……」

沙優に言われて、俺は「なぜそんなことを？」という疑問を覚えながらも、言うとおり沙優に背中を向けるようにまた寝返りを打った。

すると、数秒後に、背中に沙優の身体が押しつけられる。沙優は俺の背中にぎゅうと抱きついてきた。

「だ、だから何してんだよ……」

「いいでしょこれくらい、最後だし」

「最後、って言えばなんでもいいと思ってないか？」

「ムラムラしちゃう？」

「馬鹿言え」

沙優の軽口を受け流しながらも。

俺は正直なところ、背中に感じる沙優のあたたかさと柔らかさに、妙な生々しさを感じていた。

とはいえ、いやらしい気持ちになるというわけでもなく、俺は少しだけ心拍数が上がるのを感じながらも、強く沙優を拒否しないでいる。

沙優も、俺に抱きつくだけ抱きついて、何も言わない。

すうすうと整った呼吸が背中から聞こえてきて、もしかしてもう眠ってしまったのか？と思い始めた頃に。

「一人で立てるとは言ったけど……吉田さんと離れるのは嫌だな」

ぽつりと、沙優がそう言った。

一人で立てるけれど、俺と離れるのは嫌。

沙優の言葉の意味を測りかねて、俺はどう答えたものかと迷う。

「……毎日家事をしなくて良くなるし、頼りになる兄貴もいるだろ。大丈夫だよ」

ようやく俺がそんなことを言うと、後ろの沙優がくすりと笑った。

彼女のあたたかい息が背中に当たる。

「私、吉田さんの家で家事をするのは、全然苦じゃなかったよ」

「そうなのか？」

「うん…………大好きな人に毎日ご飯作るの、幸せだった」

「……」

沙優の言葉に、俺はどきりとした。

今まで、沙優とは丁寧に信頼関係を築いてきた。

最初の頃から比べて、沙優は素直に自分の気持ちを口に出すようになったと思う。

しかし、ここまでストレートに「好き」という言葉を言われたことはなかった。

それが恋愛感情からくる言葉ではないと分かってはいても、どきりとしてしまう。

「吉田さんは、私と離れても、平気そう？」

沙優が、唐突にそんなことを訊いてきた。

俺は、言葉に詰まってしまう。

沙優のいない生活。

それを想像しようとしても、どうにも脳みそがそれを拒否するようだった。

自分の家のことを考えると、そこには沙優の姿がセットになって、現れる。

「……わからん」

俺は、放るようにそう答えた。

それは、素直な感想だった。

状況としては、さっき独りごちたように……沙優がいなくなっても、ただ〝元に戻る〟だけだ。俺は元々一人だったのだから。

でも、一度、沙優とのあたたかい生活を経験してしまってから、そこから元に戻ったとして。「これがいつも通りだ」と思って生活できるかどうかは、実際にそうなってみるまでは分からない。

ただ、一つ言えることは。

「でも……寂しくはなると思う」

俺がそう付け加えると、沙優は再び、ぎゅう……と力を強めて、俺に抱きついて。

「うん……そうだね」

と、言った。

再び訪れる沈黙。

お互いに、何かを言いたいが、何も言えない……というような空気を醸し出していて、落ち着かない。

俺の背中にぴったりとくっついていた沙優が、もぞもぞと動く。

数分間、止まったり、落ち着かなそうに動いたりを繰り返す沙優だったが。

「吉田さん」

ふいに、俺に抱きつく力を弱めて、言った。

「こっち向いて」

「……？」

俺は、沙優の雰囲気が先ほどまでと少し変わったのを感じつつ……言われたとおりに沙優の方へ身体を向けた。

そうすると、やはり、思ったよりも近い距離で沙優と目が合った。

沙優の瞳が、ゆらゆらと揺れている。

「なんだよ」

「その、こう……最後だしさ」

「おう」

沙優は視線をうろちょろとせわしなく動かした。

明らかに緊張している様子の沙優を訝しんでいると。

「やっぱり一回くらい……しとく？」

「何を？」

「や、その…………えっ……エッチ、をさ」

「…………はぁ？」

沙優は、暗い中でも分かるほどに赤面していた。

そして、そんな沙優につられて、俺も顔が熱くなるのが分かった。

いつものような、俺をからかう意図を感じられる言葉ならば、俺も軽口で返すだけなのだが。

今回はどうもそういう風には見えなかった。

一瞬、このまま沙優の服を脱がせて、その身体に触れる……というビジョンが浮かんで、俺は慌ててかぶりを振った。

「何言ってんだよお前……！」

「いや、その……ほら。ちゃんとさ……お互いを忘れないように、っていうか」

「はぁ……」

沙優の言葉に、俺は思わずため息が漏れた。

どうも、寂しさがおかしなベクトルに向いてしまっているようだ。

雰囲気に当てられておかしな妄想をしそうになった自分にも腹が立つ。

「……そんなことしなくても……忘れるわけないだろ」

俺が沙優の目をじっと見据えてそう言うと、彼女ははっとした表情で、俺を見つめ返した。

「俺たち、半年以上も一緒にいたんだぞ」

俺の脳裏に、沙優との思い出が浮かんでは消えていく。

「恋人でも、家族でもない男女で、半年以上過ごしたんだ……」

俺はそこまで言って、沙優の頭を優しく、撫でた。

「多分……一生忘れない」

俺がはっきりとそう言うと、じわりと、沙優の目尻に涙が溜まった。

そして、すぐに、俺の胸に飛び込むように抱きついてくる。

「うん……私も忘れない」

そう言って、ぐずぐずと鼻を鳴らす沙優の頭を撫でていると、ふいに笑いが漏れた。

「ずっと思ってたけど……沙優って、クールな顔してるけど結構すぐ泣くよな。昔から泣き虫だったのか？」

「うるさい。最近嬉しいことばっかりあるからしょうがないんだよ」

沙優は俺の胸に顔を押し当てたまま、ぐすぐすと洟を啜りながら、肩を揺すった。

それから、数分の間、俺も沙優も喋らなかった。

無言でいると、目の前の沙優の温度を強く感じて、温かい気持ちになる。

このぬくもりを感じることが、今後一切なくなるのだと思うと、やはり少し寂しい気持ちになった。

「じゃあ」

沈黙を破って、沙優が俺を見上げた。

「おっぱいくらいは揉んどく？」

「しつこいんだよ」

俺が失笑して返すと、沙優もくすくすと笑った。

そうして、俺と沙優は、最後の夜も、とても近く、それでいて、深く結びつくことはないまま、ゆっくりと眠りについた。

12話 別れ

翌日、朝9時頃に目覚めて、一颯と沙優、そして俺の三人で家を出る。

母親にも挨拶をしようかと思ったが、「今日はよく眠っているようなので、起こさないであげましょう」と一颯に止められた。

そういえば、一颯から事前に「母は夜遅くまで眠らない」と聞いていた気がするが、あれは〝不眠症〟であることをオブラートに包んでいたのかもしれない。

きっと最近の彼女の悩みの種は沙優であったはずだ。それがひとまず解消したことでぐっすり眠れているのであれば、それは確かに、邪魔しない方が良さそうだ。

それに、きっと、俺と沙優の母親の会話は、昨日のもので〝済んでいる〟という感覚があった。

余計なことは話さず、すっぱりと別れるのが、相手のためにも、俺のためにも良いのかもしれない。

昨日と同じように、一颯の車に乗り込み、俺たちは空港へと向かう。

最初は「俺一人でタクシーでも呼んで帰ります」と言ったのだが、かなり強い言葉で一颯にも沙優にも止められて、結局三人で空港まで向かうことになった。

「わざわざ空港まで来てもらわなくたっていいのに……」

「さすがに、ここまでしてもらって見送りもしないってのはありえないでしょ」

「そうですよ吉田さん。吉田さんはもはや沙優の家族といっても差し支えない仲ですから……」

一颯はそう言ってから、少しの間をあけて。

「良ければ、お暇ができたら、また沙優に会いに来てあげてください」

と、言った。

俺はその言葉に対して、返す言葉が思い浮かばなかった。

「はは、まあ……」

曖昧に頷いて、俺は言葉を濁す。

きっと、沙優に会うのはこれきりだ、と思う。

今後俺が沙優に会いに来るのは、彼女が前を向くことの邪魔になってしまうような気がするのだ。

ふと隣から視線を感じて、ちらりとそちらを見やると、沙優が俺からスッと目を逸らすのが見えた。

何か言いたげに膝の上で手指をいじっていたが、結局何も言わずに、沙優は窓の外に視線を動かす。

なんだろう、と思うのと同時に、俺はふと沙優の服装に気をとられた。

「そういやお前なんで制服なんだよ」

俺が訊くと、沙優は窓の外に向けた視線をぎこちなく俺の方に向けてから、困ったように笑った。

「うーん、なんだろ……自分でも分かんないけど……なんとなく、制服がいいかなって思って」

「なんだそれ」

「はは、なんだろうね。わかんない」

そう答える沙優は、何かを誤魔化すようだった。

しかし、しつこく訊くようなことでもないと思い、俺も口を噤んだ。

それからは、二人とも、無言だった。

空港に着けば本当にお別れとなるのに、俺も沙優も、そして一颯も……長い間、黙ったまま車に乗っていた。

＊

昨日のような緊張感がなかったからか、行きに比べて、帰りは早かった。

あっという間に空港にたどり着いてしまう。

車の中で、スマートフォンを使って飛行機のチケットは予約していたので、発券さえしてしまえばあとは飛行機に乗って帰るだけだ。

車を降り、ロビーに着くまで、沙優はなんとも言えない表情で、黙って俺の後ろをついて来ていた。

一颯は薄く微笑みつつも、やはり、無言だ。

「ごめん、ちょっと車が長かったから、御手洗い行きたいんだけど……」

「ああ、行ってきな」

ロビーに着いたところで、沙優が少しもじもじとしながら一颯に声をかけた。一颯は優しく頷いて、「あっち」と、トイレの看板が出ている方を指さした。

沙優は俺と一颯の両方に目配せをしてから、トイレへと小走りで向かって行った。

それを見送って、一颯はこちらを振り返る。

「吉田さん、これを」

「……？　これは？」

一颯が、懐から取り出した封筒をこちらへ寄越してきた。

受け取ると、その封筒にはちょっとした重さを感じる。

「帰りの飛行機代です」

一颯が爽やかにそんなことを言うので、俺は反射で首をぶんぶんと横に振った。

「いやいや、行きだけでも十分助かりましたから！　帰りは普通の席でもう予約を取っちゃいましたし」

わざわざ「普通の席」と付け足したのは、封筒の重さから考えて、ビジネスクラスの分の額が入っていそうな予感がしたからだ。

「それでも、本当に吉田さんにはお世話になりましたから。これは感謝の気持ちです」

「いや、本当に、気持ちは伝わってますから。俺も社会人なんで、これだけはお返しします」

強情に封筒を渡そうとしてくる一颯に、なんとか俺は封筒を押し戻した。

「どうしてもって言うなら、このお金で沙優に新しい服でも買ってあげてくださいよ」

俺がそう言うと、一颯は目をぱちくりと瞬かせて、そして噴き出した。

「吉田さん」

一颯は呆れたように肩をすくめてから、言う。

「あなた、本当は沙優に惚れてるでしょう」

その言葉に、俺は反射的に顔を思い切りしかめてしまう。

「そんなわけないじゃないですか。高校生ですよ」

「本当かな。恋愛に歳は関係ないと思いますけど」

「俺は年上のお姉さんが好みなんですよ」

沙優の兄に対して真面目な顔をして一体何を言っているのかと思うが、沙優のことを恋愛対象として見ていると誤解される方が不都合だった。

これまで積み上げてきた信頼だってパーになってしまう。

一颯だってそんなことは分かっているはずなのに、なぜ今さらこんなからかいかたをしてくるのだろうか。

そんなことを考えていると、一颯は微笑みを浮かべながらも、先ほどまでよりもずっと真面目な表情で、言った。

「本当に、吉田さんのような男性が沙優の傍にいてくれれば、兄としても安心なんですけどね」

「……」

一颯のその言葉は、どうも冗談を言っているようには見えなくて、俺は言葉に詰まってしまう。

一瞬脳裏をよぎったのは、昨夜のことだ。

最後の思い出に、セックスをしようと提案してきた沙優。あの時の彼女のいつもと違う異様な雰囲気に、俺は一瞬沙優との行為を想像しそうになった。

だが、やはり……想像がつかない、というのが正直なところだった。

それはどうあっても、俺は沙優のことを性的な目で見ていないということに他ならないのだ。

女の子として可愛がることと、一颯の言うように恋人として沙優を受け入れるのは、まったく、別の話だ。

「……冗談でもよしてください」

やっとのことで、俺がそう言葉にすると、一颯も小さく息を吐いてから、にこりと笑った。

「まあ、吉田さんがそう言うなら、これ以上は言いませんけどね」

一颯は微笑みながらそう言って、今度はスッと背筋を伸ばす。

「吉田さん、本当にありがとうございました」

一颯がおもむろに頭を下げた。

「沙優は、やっと前に進めました。あなたと出会えたからです。出会ったのがあなたでなければ、沙優をここまでの結果に連れてくることはできなかった」

頭を上げた後の一颯の表情は、真剣そのものだった。

「きっと、あなたは出会おうとして沙優と出会ったわけではないでしょう。沙優と出会った日、あなたが酒に酔っていなければ、もう少しだけ帰宅が早かったなら、あいつと会うこともなかったかもしれません」

一颯にそう言われるまで、考えたこともなかった。

あの日、後藤さんとデートへ行かず、フラれることもなく、橋本を呼び出すこともなく直帰したなら、俺が沙優と出会うことはなかったのかもしれない。

そうであったなら、今頃の俺は、どうなっていたのだろうか。そして、沙優も、どこで、何をしていたのだろう。

考えると、薄ら寒い気持ちになる。

「それでも……感謝せずにはいられません」

一颯は俺に向かって、手を差し伸べてきた。握手を求める姿勢だ。

「沙優を見つけてくれてありがとう、と」

「……はい」

俺は頷いて、一颯の手を握り返した。

手を握ったまま何度か上下に揺らして、一颯は薄く微笑んで、言う。

「そして、これは僕のエゴなのかもしれませんが……」

「はい？」

手に落としていた視線を一颯の顔へと向けると、一颯は少しだけはにかんだような表情で言葉を続けた。

「吉田さんにとっても同じように、沙優との出会いが有意義なものであったと思ってもらえるのであれば……それはきっと幸せなことだと思います」

俺にとっての、沙優との出会い。

それが良いものであったかどうかという問いへの答えは、言うまでもない。

「まあ、それは……本人に伝えますよ」

俺が少しの含みを持たせてそう言うと、一颯もそれを察したようににこりと笑って、鼻から息を吐いた。

「そうですね、それがいいでしょう。……では、僕はこのあたりで退散させていただきます」

一颯はもう一度、俺に向かって頭を下げる。

「ありがとうございました。帰りもお気をつけて」

「こちらこそ、いろいろとありがとうございました」

お互いに一礼して、笑みを交わして。

一颯は踵を返し、エントランスの方向へ歩いて行った。

俺はその背中を、ゆっくりと息を吐きながら見送る。

一颯とも、おそらく今後会うことはないのだろう。

自分も何度か食べたことのあるような冷凍食品メーカーの社長と、沙優を通じて偶然交流することになり、笑顔で別れるところまで親交を深められたというのは、よくよく考えるととんでもないことだったようにも思える。

間違いなく、特別な出来事。

だが、俺が何か偉大なことを成し遂げたからそういった結果を得たわけではなく、ただただ、〝出会った〟だけだ。

沙優と出会って、一颯と出会った。

それだけのことなのだ。

「吉田さん、お待たせ」

一颯の背中がすっかり見えなくなった頃に、沙優はトイレから戻ってきた。

「あれ、兄さんは？」

「先に車に戻ったみたいだよ」

「そうなんだ」

俺に話しかける沙優の様子は、どこか、ぎこちない。

俺も、いざ沙優と二人きりになると何を話したら良いか分からなくなった。

「……いよいよ、ほんとにお別れだね」

しばらくの沈黙を破って、沙優が言った。

「そうだな」

「私がいなくてもちゃんと家事やるんだよ」

「頑張るよ」

何故か沙優に心配されている状況が可笑しくて、失笑してから頷く。

そんな俺の様子を見て、沙優も口元を緩めた。

「お前も……高校生活頑張れよ」

俺がそう言うと、沙優はおだやかに微笑んで、ゆっくりと頷いた。

「うん……頑張る。1年弱もサボっちゃったからね」

そこまで言って、沙優は少しわざとらしく、ニッと笑ってみせた。

強がりだと分かっても、沙優がこの局面で笑顔を見せたことが、俺は嬉しかった。

ただ……次の言葉が出てこない。

無言で向かい合っているうちに、搭乗時間は近づいてくる。

「吉田さん」

先に、長い無言を切り裂いたのは沙優だった。

うろうろとさせていた視線を沙優の方へ向けると、こちらをじっと見る彼女としっかりと目が合った。

その瞳には、先ほどまでとは違う、どこか力強い熱がこもっているように見えて、俺は自然と息を吸い込む。

「私、逃げて良かった」

沙優がはっきりと、そう言った。

「逃げた先に、吉田さんがいたから」

彼女の言葉を聞きながら、俺は、それはもう前に聞いたことのある言葉だと思った。

けれど、その言葉は、以前聞いた時よりもずっと強く俺の耳に届く。

別れの直前だからか、もしくは、他の理由なのか、俺には分からない。

「昨日、寝る前に考えてた。吉田さんと、もっと別の出会い方をしてたらどうなってたかなって。クラスメイトとか、学校の先輩とか、それこそ家族とか……」

必死な口調で俺に話す沙優。

そんな彼女を見ながら、俺も少しだけ、想像してみた。

沙優が俺の高校の時のクラスメイトであったなら、後輩であったなら、そして、家族であったなら……。

想像しようとして、すぐに思考が止まる。

「でも、やっぱり、全部違うなって思った。私、今、吉田さんに会えて良かったよ」

沙優がそう言うのと同時に、俺も同じ考えに至っていた。

彼女と、別の場所で、別の立場で出会う。そんな想像は、しようと思っても難しい。

仮にもっと違う出会い方をしたとして、お互いに心に残るような存在になるかどうかは、分からないと思った。

「クラスメイトでもない、家族でもない、お髭のサラリーマンの吉田さんと出会えて良かった」

沙優ははっきりと言った。

その瞳が、少しだけ揺れる。

「制服を着てる今、出会えて良かった……って。そう思うよ」

そこまで言って、沙優はおだやかに微笑んだ。

俺も、彼女の言葉を聞いて、自然と首を縦に振っていた。

「俺もだよ」

そうだ、さっき一颯と話したばかりだったのに、いざ沙優と二人きりになると、言うべきことがすっかり頭から抜け落ちてしまっていた。

俺にとって、沙優との出会いがどういうものであったか。

それはきっと、彼女との別れの上で、一番大切なことのような気がした。

「俺も……お前に会えて良かった。おかげで、前より少しだけ……自分のことが分かったよ」

沙優と出会ってからは、戸惑いの連続だった。

今まで信じていた『正しさ』がすべてではないと思い知った。

自分が他人に対してしてやれることのあまりの少なさを理解した。

そして……他人と心を通わせようと努力することの尊さを知った。

「……そっか」

俺の言葉に、沙優ははにかんだように口角を上げてから、頷いた。

また、少しの間の沈黙が生まれる。

沙優は何度か何か言いたげに顔を上げては下げ……を繰り返す。

そして、決意したように小さく頷いてから、言った。

「吉田さん」

「なんだ？」

沙優の視線が、まっすぐと俺の方へ飛んでくる。

「私、吉田さんのことが好き」

沙優がそう言った時、一瞬だけ、彼女の言葉以外のすべての音が耳に入らなくなるような感覚があった。

妙な鳥肌が立って、沙優の言葉が、ぐるぐると頭の中を廻った。

言葉はしっかり聞こえている。沙優とは目が合っていて、彼女の真剣な表情が目に映る。

そこから分かる、その言葉の〝意味〟も、おそらく俺は正しく理解していた。

唯一、不足しているのは、現実感だけだった。

俺は今、女子高生に告白をされている。

「……正気かよ」

数秒の沈黙の末、俺がようやく口にできたのは、そんな言葉だった。

いつものように茶化すような口調で放たれた俺の言葉に対して、沙優は表情を変えることなく、もう一度頷いた。

「私、本気だよ」

「……」

本気の言葉に対して茶化した回答をしてしまったことに申し訳なさを覚えつつも、俺はとにかく困惑していた。

沙優が、俺のことを好きだと言っている。それも、異性として、だ。

思い返せば、やはり、昨日の沙優の行動はいつもとは違った。最後だから性行為をしよう……という提案は、どう考えても寂しさの裏返しだとしても行き過ぎていた。

しかし、その根底に俺に対する好意があったのだとしたら、おかしなことでもないのかもしれないと思った。

一颯の言葉が脳裏をよぎる。

『あなた、本当は沙優に惚れてるでしょう』

……本当にそうであったなら、シンプルで、幸せな結末になったのかもしれないが。

「……ガキには、興味ねぇんだ」

俺は、以前も口にした覚えのある言葉を、もう一度言った。

沙優との関係性は、出会ったころと今では、大きく変わったと思う。けれど、やはり、沙優と〝そうなる〟想像はつかなかった。

沙優が本気であるのならばなおさら、俺はその気持ちにこたえることはできない。

「お前は可愛い。本当にそう思う。でも……やっぱり、そういう風に見ることはできない」

俺がはっきりとそう言うと、沙優はあらかじめ俺がそう言うことを分かっていたように、静かに微笑んだ。

そして、それもあらかじめ用意していたかのように、言う。

「じゃあ、ガキじゃなくなったら……チャンスある？」

そう言ってから、気丈にニッと笑ってみせる沙優。

俺は思わず失笑してから、何度か首を縦に振る。

「お前が立派な社会人になったら、ありえなくもないかもな」

正直言って、沙優が大人になっている姿というのも、俺からすればまったく想像がつかなかったが、こんな場面で、「それは無理だ」の一点張りで通す意味もない気がしていた。

そんな、ふわふわとした考えで俺が返事をすると、沙優はすっと笑顔を引っ込めて、また真剣な表情になった。

また、俺の目をじっと見つめて、沙優は言った。

「じゃあ……待ってて」

その顔は、およそ冗談を言う時の顔ではなかった。

本気で、俺の返事を待っているその表情を見て、俺はまた数秒前の自分の考えと言葉を後悔した。

どのみち、俺の沙優からの告白への返答は「NO」でしかない。

そこは揺るがぬものであるのに、俺は何故か、沙優の自分への告白を「子供の可愛らしい恋愛」と受け取って、やんわりと受け流そうとしてしまっていた。

沙優は、本気だ。

本気の告白には、真摯に、まっすぐ答えてやらねば、道理が合わない。

「……待たねぇよ」

俺は、おもむろに言った。

「お前を待ってたら、俺はオッサン通り越してジジイになっちまうだろ」

沙優が年齢として『大人』になるのはもはやあと数年のことだが、俺も沙優も、『成人する』ことを指して〝大人〟と言っているわけではない。

沙優が高校を卒業して、大学に行くにしても行かないにしても、しっかりと自立して自分で稼げるようになった頃を〝大人〟と言うのであれば、それはまだまだ先になるように思う。

その間に俺はさらに歳を取り、30を超えて、40代に差し掛かっていくだろう。

それまでには、きっと沙優は他の恋を知るだろうし、俺がここで軽はずみに「待つ」だなんて言ってしまったら、それは彼女にとって〝呪い〟のようなものにもなりかねない。

俺は、沙優の頭の上にゆっくりと手を置いて、その髪を撫でた。

「……まだまだ人生は長いよ。大人になった時のことは、大人になってから考えればいい。だから……」

俺は沙優の、小刻みに揺れる瞳をじっと見て、言った。

「俺と〝出会った〟思い出は箱にでもしまって……新しい人生を歩んで行ってくれよ」

俺がそう言うと、沙優の瞳が大きく揺れて、じわりと目尻に涙が溜まった。

しかし、沙優はそれをこらえるように眉にぐっと力を入れて、首を横に振った。

「それは、無理」

「え？」

「無理だよ、そんなの」

沙優は一歩俺に近づいて、俺の手を取った。

「後藤さんが言ってた。高校生って、人生に一度の、すごく特別な期間なんだって」

急に何を言い出すのかと思いながら、俺は沙優の話を聞いている。

「そんな期間の六分の一くらいを、吉田さんと過ごしたんだよ、私」

そう言って、沙優はもう一度、微笑んだ。

「こんな大きすぎる思い出、しまっておけるわけないじゃん。だから、私……」

沙優はそう言って、俺の手をぎゅっと握った。

「吉田さんが待ってなくても、絶対また会いに行くよ」

その言葉に、俺は震えた。

俺は、もう沙優と会うことは二度とないと思っていたのに、彼女はその真逆のことを考えていたのだ。

大人になったら、やれることなど今よりずっと増えるのに、その中から、「俺に会いに来る」ことを選びたい、と、そう言うのだ。

俺が何か言葉を返そうと口を開いたタイミングで、空港のアナウンスが鳴った。

それは、俺がチケットを取った飛行機の搭乗時間が近づいているという旨のものだった。

いよいよ、別れの時間だった。

「分かった」

俺は、ゆっくりと、頷いた。

「俺は待たない。でも……」

沙優の頭の上に、もう一度手を置いて、そしてくしゃくしゃと撫でる。

「お前とまた会えるかもしれないってことは、少しだけ……楽しみにしておくよ」

俺がそう言うと、沙優の瞳がまた、大きく揺れた。

今度は、じわりと溜まった涙が、つうと彼女の頬を伝うのが見えた。

本当に、最後まで泣き虫な奴だ。

「じゃあ……またな」

俺はそう言って、片手を上げる。

沙優は、ごしごしと涙を制服の袖で拭って、力強く微笑んでみせた。

「うん……またね！」

また溢れてくる涙をぽろぽろと流しながら沙優は俺に向かって、手を振った。

俺は、沙優に背を向けて、ターミナルへ歩いてゆく。

ついに、俺と沙優の同居生活は終わりを告げる。

俺の胸の中にも、確実に、寂しさが渦巻いていた。

でも、この感情もきっと一時的なものだ。家に戻り、翌日からいつも通りに出勤すれば、少しずつ、すべてが元に戻ってゆく。

誰だって、今起こることに対して懸命に向き合っている。ただ、今胸の中にある大きな感情も、きっと、時間が経てば薄れて、甘やかな思い出になってゆくのだろう。

沙優の恋心も、多分、同じことだ。

サボっていた「高校生」をやり直せば、きっと他の出会いがあり、もっと身近なところで、等身大の恋愛をすることになるだろうと思う。

だから、沙優が、俺の恋人になるためにもう一度俺のところへやってくるだろうとは思わない。

もしそれが起こったとして、そのころには、俺にも、俺の恋愛があるのだ。

……ただ。

一瞬、振り返りそうになるのを、ぐっとこらえて、俺は歩き続ける。

オトナになった沙優を見てみたい。その気持ちだけが、俺の心の中にはあった。

ままならなさから脱出して、自分なりの答えを見つけて……果たして大人になった沙優と、また会ってみたい。

そんな希望が胸の中にあって、そして同時に、そんな希望は叶わないのだという現実的な感情が、俺の胸の中で絡み合って、どうしようもない寂しさを作り出していた。

思い返すと、俺は沙優に「またな」と言っていた。

沙優も、「またね」と、俺に返した。

お互いに、再会を期待する言葉を最後にかけあって別れたのだ。

何かの偶然があって、また会えることがあっても、おかしくはないのかもしれない。

そんな甘い想像をしながら、俺はターミナルで搭乗手続きを済ませて、ついに搭乗口へ向かう。

ゲートを通る前に、思わず、俺は振り返った。

空港の中は、せわしなく人が行き交っており、その中に、沙優の姿は見えない。

安心とも、失望ともつかない思いから、何故かおれは「ふっ」と失笑して。

そして、わざと大きく足音を立てて、飛行機の搭乗口へと向かった。

沙優のいない日常へと、帰るために。

＊

「おかえり」

「……うん」

車に戻ってきた沙優には、妙な穏やかさがあった。

「もう車出していいのか？」

「うん。大丈夫」

「飛行機が出るまで待ってもいいんだよ」

「いい」

沙優は、助手席に座り、シートベルトをちゃっちゃと取り付けた。

「……直帰でいいのか？　どこか寄る？」

「帰ろ」

「……分かった」

沙優の返事を聞き、エンジンをかける。

沙優は、「帰る」と言った。

母のいるあの家を、自分の帰る家だと、認識しているということだ。

本当に覚悟が決まったのだと思うと安心する。そして、同時に、沙優の心境がそこまで回復するのを大きく助けたのは、まぎれもなく、今沙優が別れを告げた人物なのだと、知っている。

車を空港の駐車場から出して、やけに広い道路を走る。

ちらりと横目で沙優を見ると、彼女は窓の方へ頭を倒して、右頰を髪の毛で隠していた。

しかし、窓に思い切り、沙優の顔が反射して見えている。

その顔は、涙でぐしゃぐしゃになっていた。

「……寂しくなるな」

僕がそう呟くと、隣の沙優の頭が、こくりと前に倒れた。

「最後に、言いたいことは全部言えたのか？」

今は話しかけない方が沙優にとっては良いのだろうと思いつつも、ついつい、話しかけてしまう。

沙優は長い間、ぐずぐずと鼻を鳴らしながら沈黙していた。

別に、返事はなくても良いと思い、運転に集中していると。

「……最後じゃないよ」

と、沙優が言った。

その言葉だけで、なんだか、沙優の中に育った感情の大きさをなんとなく察してしまった気がした。

「……そうか」

僕は鼻から息を吐いて、相槌を打つ。

「じゃあ……頑張らないとな」

僕が言うと、また、隣の沙優の頭が、こくり、と前に倒れる。

つくづく、吉田さんには妬ける思いだ。

僕が長い時間をかけても癒せなかった妹の傷を丁寧に癒して、その後の生きる目的にまでなってしまった。

ハンドルを握りながら、一人、鼻を鳴らす。

沙優は穏やかに見えて、これでいてなかなかに頑固者だ。

一度そうだと思ったら、それを押し通していく謎の力強さがある。

その推進力が前に向いたなら、きっともう大丈夫だ。

「……数年後が楽しみだな」

エンジン音に紛れるほど小さな声で、僕は呟いた。

そして、いずれ「東京へ行く」と言い出すであろう妹のために、自分ができることを、順々に、考え始めた。

家族の未来のことを考えるのが、こんなに楽しいのは……初めてだと思った。

13話 生活

玄関の鍵を回し、扉を開ける。

「ただいま」

そう口にしながら部屋に入ると、まず、強烈な違和感が俺を襲った。

部屋の電気がすべて消えて、真っ暗だったからだ。

そして、「ただいま」という言葉に対する返事も、もうない。

「ああ……そうか」

俺は、ゆっくりと靴を脱ぎ、居間へ向かい、部屋の電気をつけた。

ベッドに腰を掛けて、深く、息を吐く。

「沙優はもういないんだよな……」

一人だというのに、わざわざこんなことを口にした自分に、笑いがこみ上げてくる。

失笑してから、俺は勢いよくベッドから立ち上がった。

「うん……ずっとこうだった」

呟きながら、床に置かれた背の低いテーブルの周りを、落ち着きなく歩き回る。

長年過ごしてきた部屋のはずなのに、どこか自分の家ではないような気持ちになっていた。

ぐるぐる、ぐるぐると部屋を歩き回って。

「はは……」

俺はその場にへたり込むように座った。

「この部屋、案外広いなぁ……」

大きな独り言が、部屋の空気に吸い込まれてゆくようだった。

以前は狭い狭いと感じていた部屋を、今は少しだけ広く感じている。

沙優の不在がここまで〝違和感〟として俺の心を蝕んでいるという事態に、愕然としてしまう。

元々はこうだった。

その言葉を頭の中で何度も反芻させるが、まったく意味がない。

一度塗り替えられた基準を、以前のように戻すのがこんなにも難しいとは思っていなかったのだ。

長い時間……床に座ったまま、ぼーっとしていた。

いい加減、着替えて風呂にでも入るか……と、重い腰を上げて、クローゼットを開ける。

すると、またもやその中の違和感に、すぐに気が付く。

いつも沙優の服が畳んで置いてあった一角が随分と寂しくなっている。

長い間一緒にこの部屋で過ごすうちに、少なかった沙優の荷物も少しずつ増えてゆき、ついには〝なくなると違和感がある〟ほどになっていたということだ。

しかし、〝綺麗さっぱりなくなっている〟わけでもない、ということに、すぐに気が付いた。

「……？」

ほとんど片付いた〝沙優の服があった場所〟に、一枚だけ、半そでのシャツが綺麗に畳まれたままで置いてある。

おそらくそれは、沙優がずっと寝間着にしていたTシャツだった。

一番初めに、俺がスウェットとセットで買ってやったもの。

「忘れて行ったのか……？」

そう口にしながらも、他のすべてを持って行ったのに、これだけ忘れてゆくというのもどこかおかしいような気もしていた。

Tシャツを手に取って広げてみると、ぽろりと、畳み目から何かが落ちる。

それは、一枚の便箋。

何かを考えるよりも先に、俺はそれを拾い上げる。

そこには、沙優の書いたと思われる、丸い文字が残されていた。


『私の匂いを置いていきます。ずっと、覚えていてね』


その文字を読んで、俺は、いつもならごちゃごちゃといろいろなことを考えそうなものを、即座に、手に持ったTシャツを鼻先に近づけていた。

すん、とTシャツの匂いを嗅いで。

「はっ……」

俺は失笑した。

「匂いって……うちの洗剤の匂いじゃねぇかよ」

馬鹿げていると思った。

Tシャツを握る手がぶるりと震えた。

Tシャツから香って来た匂いは、自分が身にまとっている服とまったく同じ匂いだ。

だというのに、脳裏には、次々と沙優の笑顔が浮かび上がってきた。

「なんでだ……」

俺は唸るように呟いて、すぐに、キッチンへと向かった。

鍋を取り出し、水を入れ、コンロにかける。

湯を沸かしている間も、脳内にはぐるぐると、沙優との何気ない会話や、彼女の表情が浮かんでは消えていた。

冷蔵庫から味噌を取り出して、鍋の湯があたたまったら、それを溶かす。

そうして出来上がった何も具の入っていない味噌汁を、おたまですくって、そのまま口に運んだ。


『味噌汁美味しい？』


沙優と出会った翌日の、彼女の言葉が脳内に響いて。

「はは……」

俺は、たちどころに自分の視界がぐにゃりと歪むのを感じた。

「……美味しくねぇよ…………」

たまらず、俺はその場でしゃがみこんでしまった。肩が、震える。

自分で作った味噌汁は、今まで何度も飲んだそれよりもものすごく塩辛くて、つらかった。

「お前の味噌汁……本当に美味かったんだなぁ……」

そう呟くのと同時に、目尻に溜まっていた涙が零れた。

沙優は、もういない。自分の道を歩き出したのだ。

だから、俺も、また一人でやり直さないといけないのに。

「大丈夫じゃないのは、俺の方だ……」

悲しくて、寂しくて、悔しくて……。

燃えるように熱い身体を震わせることしかできない。

「ダメだ、全然……」

生活の中から、沙優が消えてくれそうにない。

沙優のいなくなった部屋は、一人で住むには広すぎて、そして……沙優がいた頃よりも、沙優の存在を主張してやまない。

俺の生活の中で、沙優がどれだけ大きな存在だったか、彼女がいなくなってからようやく本当の意味で理解したのだ。

「こんなのってないだろ……ッ！」

喉からそんな言葉が、自然と漏れ出した。

沙優と出会い、あいつのことを深く知り、元の生活に戻してやりたいと思った。

そのためだけに、俺も沙優も頑張って、そして、望んだ結果を手に入れた。

俺が何かを間違えて、失敗して、その結果苦しいのなら、全然構わない。それは〝報い〟であるのだから。

でも、これは違う。

俺と沙優は、一番良い結果にたどり着いたはずだ。

全力を尽くして、望んだはずの到達点にたどり着いて……それなのにこんなに苦しいのは、一体どうしたらいいのだろう。

空港で俺を見送る時、沙優はこんなに、叫びだしたくなるほどの寂しさを胸に抱えていたのだろうか。

それでもなお、俺に笑顔を見せて、手を振って見送ったのだろうか。

そうなのだとしたら。

「俺の方が……よっぽど……ガキじゃねぇか……ッ！」

沙優の前では格好をつけておいて、一人になった途端にみっともなく泣いている自分が恥ずかしくて仕方がなかった。

沙優がいない家は、ひどく寂しくて、狂いそうで、どうしようもないくらいに……〝これまで通り〟だった。

うめくように泣き続けるうちに、だんだんと身体が疲れて、俺はよろよろとベッドに移動し、そのまま倒れるように眠りについた。

＊

「ねえ、吉田さん」

「なんだよ」

「ちゃんと、自分で自炊とかするんだよ」

「……それは、どうだろう。やろうとはしてみるけど……できる気はしない」

「ふふ、そっか。ちゃんと、寝坊しないで会社行くんだよ」

「それも……どうだろう。毎日お前に起こされてたから」

「ダメだよ。ちゃんと一人で生きていかなきゃ。私も、一人で頑張るから」

「お前には母親も兄もいるだろ。一人じゃない」

「そうかもね。でも、それなら、吉田さんだって、一緒だよ」

「うん？」

「……私がいるよ。そばにいなくても……ちゃんといるから」

「……そうか」

「うん」

「じゃあ……きっと大丈夫だ」

「だよね。私も、きっと、大丈夫」

「そうか……それじゃあ」

「うん……またね」

「ああ……じゃあな」

＊

目覚ましが鳴り、俺は目を覚ます。

身体を起こし、居室を見回すと、いつもは敷かれていた布団がなく、生活音もなかった。

「……そうか。そうだった」

呟いて、ベッドから起き上がった。

何か夢を見ていたような気がした。

目覚ましで目を覚ますのなんて久しぶりなのに、驚くほどすっきりと起きられたことに驚く。

起きる予定の1時間前から、5分おきにセットしてあったアラーム。

一度目のアラームで目覚めてしまった俺は、ぼんやりと居室に立ち尽くしてから、煙草を手に取り、ベランダへ出る。

ジッポがチン、と鳴る音が、朝の住宅街に響いた。

煙を吸って、吐く。

いつものルーチンなのに、胸の中には妙な孤独感がある。

一人だ。

一人に、なった。

煙を吐くたびに、少しずつ、現実を受け入れてゆくような感覚がある。

あいつは……沙優は、今日、実家で目覚めて、何を考えているだろうか。

俺と同じように……寂しさを感じているだろうか。

そんなことを考えて、俺は自嘲的に笑う。

「ふふ……アホくせぇ」

煙草の火を消して、部屋に戻る。

呟いて、俺はテーブルの上に置きっぱなしになっていた沙優のレシピノートを開く。

「……朝メシ作るか」

大丈夫。

きっと、俺も、沙優も、大丈夫だ。

彼女の残したレシピノートの表面をなぞると、昨夜感じた激しい孤独は少しずつ薄れていく気がした。

きっと沙優も、今日から、彼女の未来に向けて、一歩を踏み出し始める。

だから、俺も。

「よし」

立ち上がり、冷蔵庫へ向かう。

そして、そのドアを開けると、思わず失笑してしまった。

「……今日はこれでいいか」

そこには、大量のおかずがタッパに詰められて作り置かれていた。

最初から甘やかしやがって、俺の自立を助ける気はないのか。

そんなことを思いながら、俺は、そのまま洗面所へ向かい、鏡と向かい合う。

顎を触ると、じょり、と、無精ひげの感触が手に伝わってきた。

毎日、ひげを剃る。

毎日働きに出て、金を稼いで、帰る。

メシを食い、眠る。

沙優と出会う前は、ただのルーチンであったそれらが、俺の『生活』であると、自覚した。

「……はは」

一人、笑って、髭剃りを手に取る。

一つ一つの行動を起こすたび、隣にいない誰かのことが思い返されて。

そして、一人の俺の生活を、痛いほどに感じるのだ。

「……頑張るよ」

呟いて、俺は髭剃りのスイッチを、オンにする。

こうして、翌日からあっけなく有休が明けて、俺は元の生活へと戻ってゆく。

一歩踏み出せば、沙優のいない生活も、拍子抜けするほどに身体に馴染んでいった。

本当に、〝元に戻った〟だけだったから。

俺は誰かの保護者でもなく、ただのIT企業のサラリーマンに戻った。

それでもときどき……ふと、自分の家に〝空白〟を感じることがある。

風呂に入った時。

洗濯機をまわした時。

たまに、自炊をしてみる時。

ときどき、ちらりと……特徴的な笑顔を見せる、あの女子高生を……思い出す。

エピローグ

「ここまでで疑問点がある方、います？」

プロジェクターの前で三島がさっぱりした口調でそう言い、会議室全体を見渡した。

全体的に良くできた計画だと思いつつも、俺はパッと挙手する。

三島は一瞬ムッとした表情をしつつも、俺の手を指で指した。

「はい、吉田センパイ」

「まず最初に、工数とか納期とかはちゃんとマージン取って組んであるから良いと思った」

「……ありがとうございます？　え、いや、今は疑問点を……」

「その上でなんだが、そもそも俺たちが一度も着手したことないジャンルの設計だから、どういう考えでマージンを取ってるのか、さらに、その設計の監修者がいるのかってところは聞いておきたい」

俺が訊くと、三島は「あー」と声を漏らしてから、自信があるように首を縦に振った。

「それについては大丈夫です。実はこの施策、仙台支部ではすでに数年前から取り組みがされてたみたいなんですよ」

「仙台？」

「つまり、あたしがいた支部ね」

助け舟を出すように、俺の向かいに座っていた神田先輩が挙手した。

「あー……もしかして、それで」

納得したように俺が神田先輩に視線を送ると、彼女はおもむろに頷く。

「そーいうこと。割とその施策の中核にいたから、今回は類似企画である三島さんの監督役として助っ人しに来ました」

いつもは別部署で別の仕事をしているはずの神田先輩がこの打ち合わせに同席していたので、どういうことだろう……と思っていたのだが、その疑問も同時に解消される形となった。

「神田さんから見ても、この工数で問題なさそうってことでいいですか？」

確認のために俺が手元の資料を指して訊くと、先輩は特に考える間も持たずに頷いた。

「うん、かなり余裕あるスケジュールだと思うよ。三島さんからは事前に相談も受けてたし」

神田先輩に言われて三島の方を見ると、何故か三島は少し照れ臭そうに鼻の頭を掻いた。

「そういうことなら、他に言うことはないっすね」

俺が頷くと、三島も少し安心したように息を吐く。

「承知です。他にありますか？　なければ、進めさせていただきます」

三島は他の社員の挙手を待つように室内を見渡したが、特になかったので、施策会議はまた進行し始めた。

彼女がテキパキと会議を進行させていく姿を、俺はどこか感慨深い気持ちで見ているのだった。

＊

「まさか、三島ちゃんがプロジェクトを持つことになるなんてねぇ」

食堂でチャーハン定食をつつきながら、橋本が言った。

「数年前じゃ考えられなかったよね」

「そうだなぁ。ようやく、一から育てた甲斐が出てきたよな」

いつものように中華麺を啜ってから俺が頷くと、三島は露骨に嫌そうな顔をする。

「もう、いちいち大げさなんですよ」

「最初は手を抜くことに全力だったじゃねえか」

俺の指摘を受けて、三島はぐっと言葉を詰まらせて、焼き鮭を箸でほぐした。

「まあ……あの頃とはもう心境が違うんですよ」

「……そうか」

三島の心境が変わった理由は、なんとなくわかっているつもりだ。

俺とこいつも……ここ数年でいろいろとあった。

「ま、仕事を本気で楽しんでみるのもそろそろアリかなってね！　それより、困ったらお二人には全力で寄りかからせてもらいますからね！」

三島は勢いよくそう言って、ぱくぱくとほぐした鮭を食べ始めた。

その様子を見ていた橋本も可笑しそうに肩を揺すってから、チャーハンを食べるのに集中しだした。

育てていた部下が成長し、数年前に比べていくらか仕事は楽になった気がする。

俺も28歳になる年に入り、いよいよ30代へあと数歩……というところまで来てしまった。

このまま仕事にやりがいを感じながら生きてゆくのも、きっと楽しいとは思うが……俺にはまだ、数年をまたぐ大恋愛が残っている。

「吉田君、お疲れ様」

定時になり、帰り支度をしていたタイミングで、後藤さんが俺の席までやってきた。

最近、彼女は俺をデスクに呼ぶのではなく、わざわざ俺のデスクまで来ることが増えた。

「お疲れ様です。どうしました？」

「この後空いてるかなぁ、と思って」

「えっと……メシですかね？」

俺が訊き返すと、後藤さんはこくこくと首を縦に振ってみせた。

最近は後藤さんからご飯に誘われることも増え、逆に、俺から彼女を誘うこともたびたびある。

未だに後藤さんとは『恋人関係』にはなれていないが、少しずつ、近づいている感覚があった。

彼女に夕ご飯を誘われたことは嬉しかったが、あいにく今日は、先約がある。

「すみません、とても嬉しいお誘いですが、今日はちょっと……」

「あら、先約が？」

「ええ、ちょっと近所の知り合いから呼び出されまして」

「ふーん、そうなの」

後藤さんは一瞬何か訊きたげな表情を浮かべたが、すぐに小さく息を吐いて、頷いた。

「それなら仕方ないわね。また誘います。お疲れ様」

「はい！　お疲れ様です」

踵を返し、自分のデスクへ戻っていく後藤さんを横目に見ながら、惜しいことをした……と下唇を噛む。

後藤さんの誘いを断ったのは、今日はあさみに呼び出されているからだ。

これは自分でも驚いていることだが、あさみとは未だに連絡を取ったり、ときどき会ったりしている。

彼女ももう今では大学生だ。

文学部にいるそうで、ときどき連絡をしてきては、俺の家に押し入り、自分が書いた小説を読ませてくる。

今日もおそらく、その件だ。

正直、小説を読むのが趣味と言うわけでもないので、あさみの小説を読まされるよりは後藤さんとご飯へ……と、思わないでもないのだが、基本的に、先約を優先するというスタンスは崩さずにいる。

「お先に失礼します」

オフィスを出て、特にどこにも寄らずに、家路を急いだ。

小説はともかくとして、あさみから大学生活の近況を聞くのは、割と好きだった。

あさみと話すたびに、俺はもう一人の〝女子高生〟の今を、少しだけ想像したりするのだ。

＊

最寄り駅で電車を降り、自宅へのルートへ入ったところで、あさみへメッセージを送る。

『どこで待ち合わせるんだ？』

と送ると、すぐに既読がつき、その後数秒で返事が返ってきた。

『吉田さんの家でいいでしょ』

と帰ってきた。

あさみはここ数年で、いろいろと……落ち着いた。

俺を「吉田っち」と呼ばなくなり、髪色も落ちついた茶色になり……一番の変化は、話し方がナチュラルになったことだ。

一体どういう心境の変化があって今までの話し方を変えたのかは俺には分からないが…

…明らかに、以前よりも話しやすそうにしているので、これで良かったのだと思う。

『分かった』

と返すと、ノータイムで、あさみからまたメッセージが来た。

『もうすぐ着く？』

という内容に、俺は首を傾げた。

『着くけど、もしかしてもう着いてんのか？』

と、訊き返したところで、スマートフォンがぶるぶると震え、あさみから着信があった。

「なんだよ」

画面をタップして通話に出る。

『もう最寄り駅？』

「今家に向かって歩いてる」

『あ、そう！　早いじゃん。ご飯とか買ってないよね？』

「家でなんか適当に作ろうと思ってたけど。お前も食うか？」

『そかそか！　それでよし！　じゃあそのまま帰ってきて～待ってるし！』

「おう……あっ？　……切れてら」

一方的に通話を切られ、俺は顔をしかめながらスマートフォンをポケットにしまいなおす。

あいつの用件の伝え方が一方的なのは今に始まったことではなかった。

あさみがもう家に着いているのかを訊きたかったが……まあ、すでにいたらいたで話は早いし、まだ着かないようであれば部屋着にゆっくりと着替える時間を作れる。

そんなことを考えながら住宅街を歩いていると。

ふと、景色の中に違和感を覚えて、立ち止まった。

少し先の電柱の下に、人がうずくまっているのが見えた。

思わず、息を深く吸い込んでしまった。

その人影には、見覚えがあったから。

大人っぽい衣服に身を包んだ、美しい女性。

街灯に照らされて、少し栗色に見える、つやつやとした黒い髪。

薄い化粧、それで十分なほどに、整った顔。

記憶の中にある〝彼女〟とはまるで違う。でも、それが〝彼女〟であると、俺には分かった。

現実感が伴わないままに、ゆっくり、ゆっくりとその電柱へと近づいた。

そして、その下の人物に、声をかける。

「……こんな時間になにしてんだ」

俺が言うと、電柱の下の女性は、パッと俺を見上げて。

「ひげ、ちょっとだけ生えてるね」

薄い微笑をたたえて、そんなことを言う。

「……朝剃っても、夜にはもう生えてるんだ」

「そう。ちゃんと毎日剃ってるんだ」

「ああ。似合わないって言われたからな」

「ふふ、そうなんだ」

女性は可笑しそうにくすくすと肩を揺らして、俺をじっと見た。

俺も、彼女を正面からじっと見る。

「そういう服装も、似合うんだな」

「でしょ？　とっておきだから、これ」

そう言って、大人っぽい、シックなワンピースの裾をつまむ彼女。

大人な服装、そして、大人な表情。

すべてが、あの頃とは違っていて。

でも、どうしようもなく、なつかしさを感じる。

「吉田さん」

目の前の女性が、おもむろに言った。

「また、会えたね」

胸の奥が、熱くなる。

こんな日が来るのを、俺はきっとどこかで、待ち望んでいたのかもしれない。

俺たちはただ出会って、そして、もう一度一人で歩んで。

また、出会った。

今度は偶然じゃない。

お互いの確かな人生の歩みの中で、もう一度、交わることができた。

それがこんなに嬉しくて、誇らしいとは。

「ああ……また会えたな、沙優」

名前を呼ぶと、彼女ははにかんだように微笑んだ。

　そして、いたずらっぽい表情で、言う。

「おじさん、泊めてよ」

　それを聞いて、俺も思わず噴き出して、頷いた。

「うるさいのも一人いるけど、いいか？」

「もちろん」

　おそらくこの再会の仕掛け人であろう女子大生のことを考えながら、二人で笑い合う。


　俺の人生の中で、沙優とはなんだったのか。

　彼女を忘れようとしながら、ずっと考えていた。

　でも、その答えは、未だに得ていない。

　彼女は……〝証明〟できただろうか。

　彼女にとっての俺との出会いが、彼女の人生の中で〝良いことであった〟と、肯定できただろうか。

　そんな話を、ゆっくり、聞きたいと思った。

　俺の人生は続く。

　沙優の人生も、続いていく。

剃り残した髭、あるいは、女子高生の制服。

そんな〝記号〟を取り払っても、俺と彼女の間には、明確にお互いの存在が刻まれているのが分かった。

温かくて、ままならなくて、そして、かけがえのない。

これからの長い旅路で、彼女との歴史を握り締めて、少しずつ……歩いていく。

彼女にとっても、そうであったなら、とてもいい。

「ねえ」

隣の沙優が、ぽつりと、呟いた。

横目で俺を見て、彼女は言う。

「ただいま、吉田さん」

そうして、沙優は……にへら、と笑ってみせた。

（了）

あとがき

吉田という男は、独善的で、モラルが破綻していて、そんな人格でありながら、いっちょ前に他人を助けようとする、どうしようもない人間です。

そんなどうしようもない人間でも、沙優という、自己矛盾と絶望を抱えた少女にとっては、救いの道へつながる人物でした。

多分、他人との出会いというのは、そういう奇跡的なバランスで成り立っている。

あの時、あの人に出会えていなければ。

そんな出会いを繰り返して、人生は続いてゆきます。

この本が、あなたにとって、〝そういう出会い〟であったらいいな、と。

心の底から願っております。

私を見出してくださったW編集。

素敵な笑顔で鼓舞してくださったS編集。

ポジティブに励ましてくださったK編集。

飄々と見守ってくださったS編集長。
親身に相談を聞いてくださったK編集長。
諸々の事情よりも私の気持ちを尊重してくださったN編集。
キャラクターたちに命を吹き込んでくださったぶーたさん。
コミカライズや原作4巻で支えてくださった足立いまるさん。
この作品を全力で売ってくださった営業の皆様。
校正に関わってくださった皆様。
アニメ化に全力を注いでくださったスタッフの皆様。
アニメに声を吹き込んでくださった声優の皆様。
私を支えてくださった友人の皆様。
応援してくれた家族のみんな。
そして……最後までこの物語に付き合ってくださった読者の皆様。
本当に、ありがとうございました。
皆様と出会えたことが、私の人生にとっての、大きな幸福となりました。
皆様にとっても、そうであったなら、とてもいい。

それでは、またどこかでお会いしましょう。

しめさば

ひげを剃る。そして女子高生を拾う。5

著　しめさば

角川スニーカー文庫　22688

2021年6月1日　初版発行

発行者　青柳昌行

発　行　株式会社KADOKAWA
〒102-8177 東京都千代田区富士見2-13-3
電話　0570-002-301（ナビダイヤル）

印刷所　株式会社暁印刷
製本所　株式会社ビルディング・ブックセンター

※本書の無断複製（コピー、スキャン、デジタル化等）並びに無断複製物の譲渡および配信は、著作権法上での例外を除き禁じられています。また、本書を代行業者等の第三者に依頼して複製する行為は、たとえ個人や家庭内での利用であっても一切認められておりません。

※定価はカバーに表示してあります。

●お問い合わせ
https://www.kadokawa.co.jp/（「お問い合わせ」へお進みください）
※内容によっては、お答えできない場合があります。
※サポートは日本国内のみとさせていただきます。
※Japanese text only

©Shimesaba, boοota 2021
Printed in Japan　ISBN 978-4-04-108262-1　C0193

★ご意見、ご感想をお送りください★
〒102-8177 東京都千代田区富士見2-13-3
株式会社KADOKAWA　角川スニーカー文庫編集部気付
「しめさば」先生
「ぶーた」先生

［スニーカー文庫公式サイト］ザ・スニーカーWEB　https://sneakerbunko.jp/

角川文庫発刊に際して

角川源義

第二次世界大戦の敗北は、軍事力の敗北であった以上に、私たちの若い文化力の敗退であった。私たちの文化が戦争に対して如何に無力であり、単なるあだ花に過ぎなかったかを、私たちは身を以て体験し痛感した。西洋近代文化の摂取にとって、明治以後八十年の歳月は決して短かすぎたとは言えない。にもかかわらず、近代文化の伝統を確立し、自由な批判と柔軟な良識に富む文化層として自らを形成することに私たちは失敗して来た。そしてこれは、各層への文化の普及滲透を任務とする出版人の責任でもあった。

一九四五年以来、私たちは再び振出しに戻り、第一歩から踏み出すことを余儀なくされた。これは大きな不幸ではあるが、反面、これまでの混沌・未熟・歪曲の中にあった我が国の文化に秩序と確たる基礎を齎らすためには絶好の機会でもある。角川書店は、このような祖国の文化的危機にあたり、微力をも顧みず再建の礎石たるべき抱負と決意とをもって出発したが、ここに創立以来の念願を果すべく角川文庫を発刊する。これまで刊行されたあらゆる全集叢書文庫類の長所と短所とを検討し、古今東西の不朽の典籍を、良心的編集のもとに、廉価に、そして書架にふさわしい美本として、多くのひとびとに提供しようとする。しかし私たちは徒らに百科全書的な知識のジレッタントを作ることを目的とせず、あくまで祖国の文化に秩序と再建への道を示し、この文庫を角川書店の栄ある事業として、今後永久に継続発展せしめ、学芸と教養との殿堂として大成せんことを期したい。多くの読書子の愛情ある忠言と支持とによって、この希望と抱負とを完遂せしめられんことを願う。

一九四九年五月三日

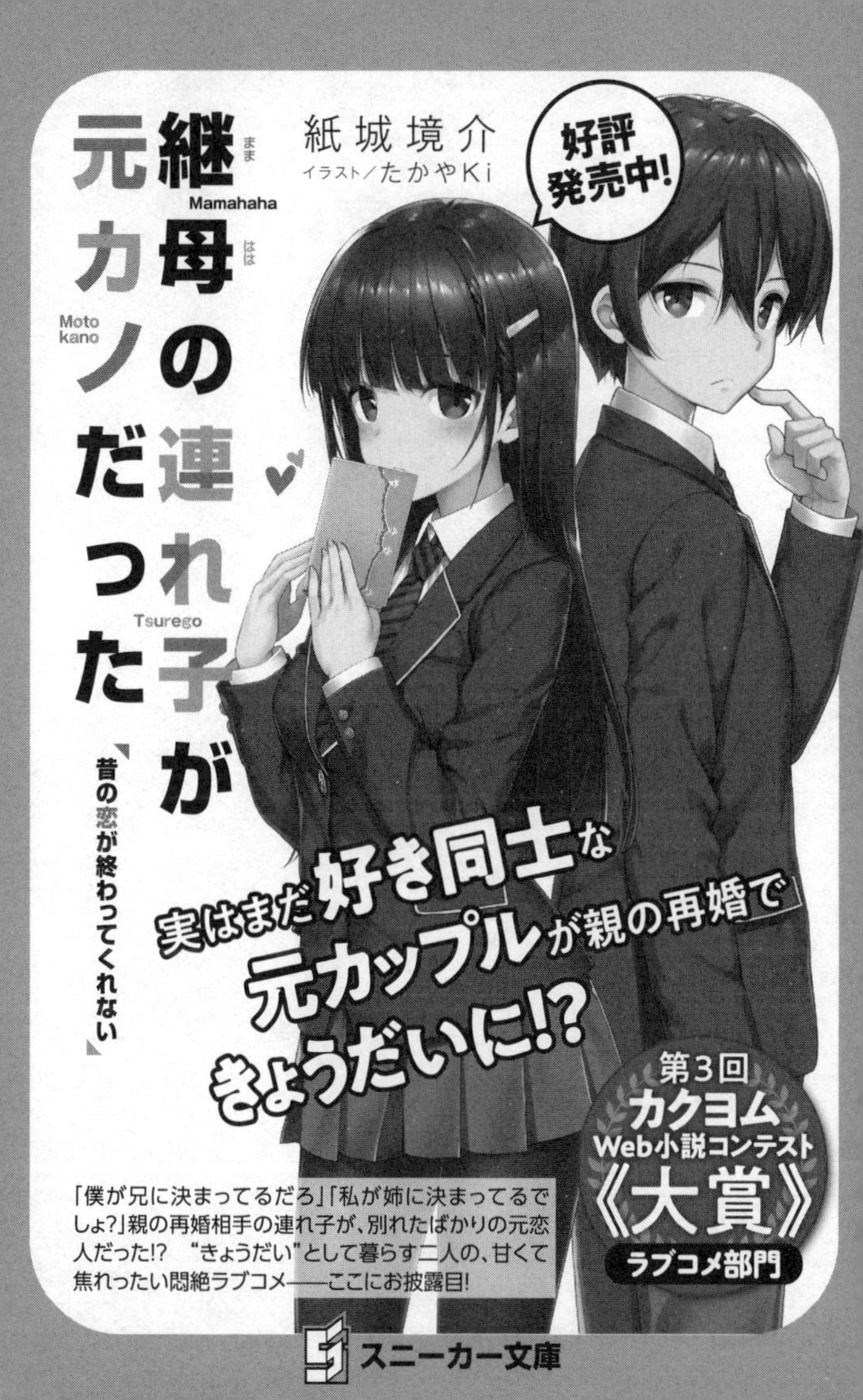

継母の連れ子が元カノだった
まま
はは
Mamahaha
Moto kano
Tsurego
昔の恋が終わってくれない
紙城境介
イラスト／たかやKi
好評発売中!
実はまだ好き同士な元カップルが親の再婚できょうだいに!?
第3回
カクヨム
Web小説コンテスト
《大賞》
ラブコメ部門
「僕が兄に決まってるだろ」「私が姉に決まってるでしょ?」親の再婚相手の連れ子が、別れたばかりの元恋人だった!? “きょうだい”として暮らす二人の、甘くて焦れったい悶絶ラブコメ――ここにお披露目!
スニーカー文庫

第27回
スニーカー大賞
原稿募集中!

きみの紡ぐ物語で、
世界を変えよう。

大賞 300万円
+コミカライズ確約
金賞 100万円 銀賞 50万円
特別賞 10万円

[選考委員]
春日部タケル
「俺の脳内選択肢が、学園ラブコメを全力で邪魔している」
長谷敏司
「円環少女」「BEATLESS」
角川スニーカー文庫編集長

[前期締切]
2020年12月末日
[後期締切]
2021年6月末日

詳細はザ・スニWEBへ https://sneakerbunko.jp/award/

イラスト/左